Deseo™

Cásate conmigo

RACHEL BAILEY

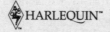

HARLEQUIN™

Editado por HARLEQUIN IBÉRICA, S.A.
Núñez de Balboa, 56
28001 Madrid

© 2010 Rachel Robinson. Todos los derechos reservados.
CÁSATE CONMIGO, N.º 1791 - 8.6.11
Título original: At the Billionaire's Beck and Call?
Publicada originalmente por Silhouette® Books.

I.S.B.N.: 978-84-9000-026-7
Depósito legal: B-15821-2011
Editor responsable: Luis Pugni
Preimpresión y fotomecánica: M.T. Color & Diseño, S.L.
C/ Colquide, 6 portal 2 - 3º H. 28230 Las Rozas (Madrid)
Impresión en Black print CPI (Barcelona)
Fecha impresion para Argentina: 5.12.11
Distribuidor exclusivo para España: LOGISTA
Distribuidor para México: CODIPLYRSA
Distribuidores para Argentina: interior, BERTRAN, S.A.C. Vélez
Sársfield, 1950. Cap. Fed./ Buenos Aires y Gran Buenos Aires,
VACCARO SÁNCHEZ y Cía, S.A.
Distribuidor para Chile: DISTRIBUIDORA ALFA, S.A.

Capítulo Uno

Estaba mirándola otra vez. Su jefe, Ryder Bramson. Macy rehuyó su turbadora mirada para concentrarse de nuevo en la reunión, pero sus ojos volvieron a desviarse, como atraídos por una fuerza magnética, hacia el hombre de ceño fruncido y traje de Armani. Había oído hablar muchas veces de Ryder Bramson, ¿quién no?, pero ésa era la primera vez que lo veía en carne y hueso, el día en que su equipo y él habían viajado hasta Melbourne desde Estados Unidos para comprobar los progresos que estaban haciéndose en aquel proyecto especial.

Con su estatura de metro noventa, el cabello castaño y bien recortado, y esas facciones duras, Macy estaba segura de que Ryder Bramson destacaba allá donde fuera, pero aquello difícilmente podía explicar el inesperado y vibrante deseo que la había invadido nada más verlo. Ni el modo en que se le había cortado el aliento cada vez que sus ojos se habían encontrado durante las presentaciones.

En ese mismo momento estaba observándola de un modo arrogante. Decir que su actitud resultaba desconcertante sería decir poco.

Y no era que no se hubiesen quedando mirándola antes; aquélla había sido una de las pocas constantes en su vida. Antes de que escapase a Australia a los diecio-

3

cho, había vivido en una jaula dorada, rodeada de lujos y riqueza, y siendo el centro de todas las miradas. Siendo como era la mayor de las dos hijas de un importante empresario y una actriz de Hollywood, siempre había suscitado la curiosidad de la gente y los medios.

Pero el modo en que aquel hombre la miraba era distinto, más intenso, más penetrante, como si pudiese ver a través de la armadura que se había forjado a lo largo de los años para protegerse.

Macy se estremeció por dentro y volvió a centrarse en las estadísticas que tenía delante.

Su contable terminó en ese momento la exposición que estaba haciendo, y a pesar de sus dispersos pensamientos Macy tomó el relevo.

–En este informe podrán ver las cifras que manejan los potenciales competidores de Chocolate Diva.

Le pasó unas carpetillas a su asistente, que se puso de pie y fue distribuyéndolas entre las personas sentadas alrededor de la mesa.

Ryder tomó la suya y, sin abrirla siquiera, se la pasó directamente a su secretaria.

–Expónganoslas de palabra –le dijo con aquel vozarrón profundo y autoritario.

Macy no se dejó acobardar y empezó a explicar los datos que habían reunido.

–El mercado australiano está saturado de productos relacionados con la industria chocolatera, por lo que tendremos que buscar un nicho si vamos a introducirnos en él. Teniendo en cuenta el estudio que hemos llevado a cabo y nuestras previsiones, nuestra recomendación sería comenzar por tres de los productos que ya tenemos, adaptándolos al consumidor australiano mediante la venta al por menor, y abrir dos tiendas con nuestra marca, una en el centro de Sydney, y otra en el centro de Melbourne.

Durante las dos semanas anteriores a la llegada de Ryder Bramson y su séquito se había entregado en cuerpo y alma a aquel proyecto, hasta el punto de que se sabía las cifras de memoria. Ella y sus chicos habían trabajado a pleno rendimiento, echando muchas horas de más para que todo saliera bien, pero Bramson no parecía impresionado.

Sus marcadas facciones permanecieron impasibles mientras hablaba, atravesándola con esa mirada fija y penetrante.

El pulso se le había acelerado un poco, pero mantuvo una expresión neutra, como la de él, y continuó con su explicación, pasando al análisis de los beneficios y pérdidas que preveían. Apostaría lo que fuera a que esa mirada intimidante era una de las razones de su éxito en los negocios.

Ella, sin embargo, no estaba dispuesta a dejarle entrever el efecto que le provocaba esa mirada. Había crecido rodeada de hombres fríos y poderosos, empezando por su padre, que se había distanciado de ella cuando Macy sólo tenía trece años y su madre acababa de morir. Comprendía que le recordaba demasiado a su madre por el parecido que tenía con ella, pero el ser consciente de aquello no había mitigado ni un ápice el dolor que le había causado su distanciamiento. Sobre todo porque desde entonces todo su afecto había sido para su hermana, cuya personalidad y aspecto no le recordaban tanto a su difunta esposa.

Macy irguió los hombros. Había superado aquello.

5

Esa experiencia la había cambiado, la había hecho ser quien era: una mujer fuerte e independiente. Podía lidiar con el señor Bramson y su mirada inquisidora.

Pulsó un botón del teclado de su ordenador portátil para desplegar un gráfico que mostraba con más claridad lo que quería explicar. El gráfico apareció también en las pantallas integradas en la mesa, frente a cada una de las siete personas sentadas en torno a ella. Seis bajaron la vista, pero Bramson no apartó los ojos de ella, y Macy sintió cómo los nervios afloraban en su interior.

No iba a dejar que la distrajesen las reacciones de su cuerpo. No iba a dejar escapar la oportunidad de convertirse en la primera directora general de la filial australiana de Chocolate Diva. Lo miró, y le preguntó:

—¿Hay algún problema con su pantalla, señor Bramson?

Él enarcó una ceja; la primera expresión facial que le había visto desde su llegada al edificio, hacía treinta y cinco minutos.

—No he cruzado el Pacífico para mirar gráficos e informes que podría haber estudiado cómodamente en mi despacho, señorita Ashley.

Macy ignoró los nervios en su estómago y asintió. Accionó un interruptor en la mesa, y todas las pantallas se apagaron. Hora de un cambio de rumbo en la presentación. Si de algo no podían acusarla, era de falta de flexibilidad.

Cuando le había hecho una oferta para que trabajara para él, Ryder Bramson le había hecho una promesa. Durante la entrevista que habían mantenido por teléfono, le había dicho que, si aquel proyecto de

6

dos meses salía bien, la pondría al frente de la filial de Chocolate Diva que tenía intención de establecer en Australia. Era exactamente la clase de puesto que quería, la clase de puesto por el que había estado luchando desde el día en que había obtenido su licenciatura en Ciencias Empresariales, y con la nota más alta de su promoción. Un gran paso hacia su meta de dirigir una compañía del tamaño de la de su padre.

Así que, si su jefe no quería molestarse en leer informes, por ella ningún problema.

–Hemos preparado unas muestras de posibles variaciones de nuestros productos para que su equipo las pruebe –le sostuvo la mirada, negándose a parpadear ni a mostrar el menor signo de hallarse intimidada por él–. Si quiere, podemos dejarlo aquí para que sus empleados y usted puedan aprovechar la tarde para recuperarse del jet lag, y mañana a primera hora retomamos la reunión con la degustación de productos.

Bramson volvió a enarcar una ceja, como ofendido de que estuviera sugiriendo que necesitaba tiempo para recuperarse de un viaje en avión. Macy se quedó esperando una respuesta. Le tocaba a él mover ficha.

Finalmente Bramson asintió.

–Si las muestras están listas, yo mismo me encargaré de probarlas –luego, volviéndose hacia sus empleados les dijo–: Podéis iros a descansar al hotel, pero mañana todo el mundo aquí a las nueve en punto.

Los hombres y mujeres de su equipo, todos vestidos de traje, recogieron sus papeles y sus maletines y empezaron a abandonar la sala. Bramson se levantó y, elevando la voz por encima de la algarabía, le dijo a Macy:

7

–Señorita Ashley, tengo que hacer una llamada. Volveré dentro de diez minutos.

Macy se puso a recoger sus carpetas, y un miembro del equipo de Bramson, un tipo delgado y de pelo entrecano llamado Shaun, le dijo por lo bajo al pasar a su lado:

–No te dejes desalentar; es su forma de ser. Es un buen jefe, pero le llamamos «la Máquina». Ya puedes imaginarte por qué.

Diez minutos después Macy ya estaba de nuevo en la sala de reuniones, mirando a su alrededor para asegurarse de que no faltaba nada. Tina, su ayudante, y ella habían reunido una serie de ingredientes el día anterior para que el equipo de Ryder Bramson se hiciera una idea aproximada de cómo podrían adaptarse los productos de Chocolate Diva al mercado australiano.

Tina entró en ese momento con un bol con trozos de fruta y lo puso sobre la mesa.

–¿Cómo quieres que lo hagamos?

Macy había pensado aquella degustación para un grupo, pero no debería haber problema en ajustarla para una sola persona. Aunque estaba bien donde estaba, empujó un bol de lichis un centímetro a la izquierda.

–Mientras tú preparas las muestras y se las vas dando al señor Bramson, yo iré explicando por qué hemos escogido esos ingredientes.

–De acuerdo.

Tina puso en marcha una fuente de chocolate que

8

habían llenado con chocolate negro importado de su propia marca.

Macy vio algo moverse por el rabillo del ojo, y al volverse vio a Ryder Bramson en el umbral de la puerta. Se había quitado la chaqueta y la corbata, y se había remangado. La piel bronceada de sus fuertes antebrazos estaba cubierta por vello oscuro, y tenía unas manos grandes con largos dedos. La mente de Macy se vio de pronto asaltada por una imagen de esas manos recorriendo su piel y de esos brazos rodeándola y atrayéndola hacia sí. Alzó la vista a su rostro, deteniéndose primero en su carnoso labio inferior, y luego en los ojos, que estaban observándola.

Macy tragó saliva y dio un paso atrás, poniendo una silla entre ellos.

Tina levantó la cabeza hacia Ryder Bramson y sonrió; una reacción profesional, no como la suya.

–Ah, señor Bramson. Ya estamos listas para empezar.

Ryder Bramson mantuvo sus ojos fijos en Macy un instante más antes de mirar a su ayudante.

–Tina, ¿no? Parece que ha hecho usted un trabajo estupendo, pero estoy seguro de que tiene muchas cosas que hacer, y de que la señorita Ashley podrá ocuparse sola de esto.

El corazón de Macy palpitó con fuerza. Miró a Tina, y vio la pregunta en sus ojos. Sabía que Tina estaba trabajando a destajo para reunir la información de los comercios minoristas que pudieran estar interesados en vender su marca, y dado que Ryder era el único que iba a hacer la degustación, lo más lógico era que se ocupara ella sola. Claro que con la tensión sexual que había entre su jefe y ella, y con el modo en

9

que se derretía por dentro cada vez que la miraba, no estaba segura de poder hacerlo ni de que...

Macy puso freno a sus pensamientos. Nunca había dejado que nada la distrajera de sus objetivos, y no iba a empezar a hacerlo ahora. Inspiró profundamente y sonrió a Tina.

–Está bien. Puedes irte.

Cuando Tina se hubo marchado, Ryder se acercó y escudriñó los alimentos que habían puesto en la mesa antes de mirarla a los ojos.

–¿Dónde quiere que lo hagamos?

Macy se quedó quieta, pero las duras facciones de Ryder permanecieron impasibles mientras sus ojos seguían fijos en ella. No parecía que estuviera flirteando con ella, ni intentando tomarle el pelo. Esbozó una sonrisa educada y señaló la cabecera de la mesa.

–Nos sentaremos ahí.

Ryder tomó asiento en la cabecera, y ella ocupó la silla de al lado para poder tener al alcance de la mano todos los ingredientes.

–Entre los productos que hemos probado con un grupo de población, las Barritas de Trufa han dado muy buen resultado, y pensamos que podemos introducirlas en el mercado sin modificación alguna.

Con los codos apoyados en los brazos del sillón, Ryder unió las yemas de los dedos de ambas manos bajo su barbilla pero no dijo nada.

–El segundo producto que introdujimos en nuestro estudio son los Bocados Diva –continuó Macy. Los Bocados Diva consistían en un trozo de fruta deshidratada recubierto con una gruesa capa de chocolate negro, y eran el segundo producto más vendido de la marca en Estados Unidos después de las Barritas de Trufa–. Otros productos habría que adaptarlos un poco, reemplazando algunos ingredientes originales por otros autóctonos. Por ejemplo, en Australia no hay producción de cerezas ni de arándanos, así que estamos considerando la posibilidad de sustituirlos por frutas de aquí.

Ryder señaló los boles que tenía frente a él.

–Como el mango.

Macy asintió y pinchó un trozo de mango deshidratado con un palillo. Luego lo puso bajo el chorro de la fuente de chocolate para recubrirlo.

–Esto es mango deshidratado de la variedad Bowen. En el norte hay una producción abundante durante el verano, y ahora mismo estamos tanteando a los productores.

Esperó a que el chocolate se solidificara, y le tendió el palillo a Ryder, pero ya era demasiado tarde cuando se dio cuenta de que apenas quedaba espacio en el palillo para los dedos de ambos. El pulgar y el índice de Ryder rodearon los suyos, y fue como si el tiempo se detuviera por un instante. Su cuerpo reaccionó al instante al contacto, y sintió que una ola de calor la envolvía.

¡Y pensar que había estado fantaseando con las manos de Ryder hacía sólo unos minutos! Suerte que estaba sentada.

Por fin los dedos de él tomaron el palillo y Macy lo soltó. Ryder se llevó el bocado a la boca, y Macy vislumbró su lengua un instante antes de que el bocado de chocolate despareciera y él se sacara el palillo, deslizándolo entre sus labios cerrados.

11

Al darse cuenta de que se había quedado mirándolo descaradamente, Macy apartó la vista y se puso a pinchar otros trozos de fruta con más palillos, aunque esa vez decidió que mejor se los ofrecería en un plato.

Manteniendo los ojos en lo que estaba haciendo, le preguntó:

–¿Qué le parece?

Ryder seguía sin responder mientras mojaba varios trozos más de otros trozos de frutas deshidratadas en la fuente y los colocaba en el plato, así que alzó la vista... y se encontró con que estaba mirándola.

Ryder carraspeó.

–Delicioso.

Había una sensualidad innegable en su voz, pero Macy se esforzó por ignorarla. No podía echar a perder aquella oportunidad de conseguir el puesto de directora general en la nueva filial australiana de Chocolate Diva.

Puso el plato en la mesa y lo empujó hacia él.

–Otras frutas que abundan aquí son la piña, los lichis y las fresas.

Ryder probó los otros bocados que le había preparado y asintió con la cabeza para indicar su aprobación.

–Muy bien. Pero en la reunión dijo que recomendaba empezar por introducir tres de nuestros productos en el mercado australiano. El primero y el segundo son las Barritas de Trufa y los Bocados. ¿Y el tercero?

–Los bombones –contestó Macy–. Los cinco rellenos que tenemos deberían ser adecuados, pero haremos más estudios de grupo.

En ese momento llamaron a la puerta y entró Tina.

–¿Cómo va todo? –le preguntó a Macy–. ¿Me necesitáis?

–No, la señorita Ashley me está atendiendo muy bien, gracias –replicó Ryder mirando a Macy.

Ésta volvió a sentirse acalorada. Era como si la intensidad de su mirada pudiera tocarla, acariciarla. Suerte que la mayor parte del tiempo estaban trabajando en puntos opuestos del globo. Le costaba mantener la compostura con Ryder Bramson cerca.

Se echó el pelo hacia atrás y bajó la vista a los ingredientes que Ryder ya había probado.

–Bueno, en realidad, a menos que quiera volver a degustar estos ingredientes, no tengo mucho más que enseñarle.

Ryder se puso de pie.

–De acuerdo, entonces dejémoslo por hoy. Tina, encárguese de repetir la degustación mañana con Shaun y el resto de mi equipo –dijo. Se volvió hacia Macy–. Señorita Ashley, querría hablar un momento con usted a solas. En mi despacho.

Macy tragó saliva y asintió.

–Cómo no.

Aquélla era su oportunidad para impresionarlo, la oportunidad que había estado esperando. Claro que eso había sido antes de conocerlo en persona y de darse cuenta de lo atraída que se sentía por él. ¿No se multiplicaría por mil el efecto que tenía sobre ella cuando estuvieran a solas en su despacho?

13

Capítulo Dos

De espaldas a la mesa de su despacho provisional, Ryder miraba por el ventanal las embarcaciones que navegaban por el río Yarra.

Macy era perfecta. Había cruzado el globo para conocerla, y se había encontrado con que tenía la cara de un ángel, el cuerpo de una Venus, y que era fuerte como el acero. Si quería casarse con ella, era sólo para poder comprar la compañía del padre de Macy, pero todo apuntaba a que iba a disfrutar con aquel matrimonio.

En ese momento oyó la voz de Macy acercándose por el pasillo mientras daba instrucciones sobre algo a un miembro de su plantilla, y apartó aquellos pensamientos de su mente. Todo a su tiempo. No debía adelantar acontecimientos.

Al poco Macy llamaba a la puerta abierta de su despacho. Ryder se volvió. Macy lo miró expectante, con la sedosa cortina de cabello castaño cayéndole sobre los hombros. Sus largas y torneadas piernas asomaban por debajo de la falda de su traje, pero Ryder hizo un esfuerzo por no mirarlas.

Le indicó con un ademán que pasara.

–¿Quería verme, señor Bramson?

–Creo que podemos dejarnos de formalidades; llámame Ryder –le dijo él–. Sé que no hace falta que te

14

diga que el que decidamos finalmente expandir nuestras ventas aquí a Australia depende de las conclusiones de este proyecto, pero quería decirte que estáis haciendo un buen trabajo con este proyecto.

–Gracias.

Ryder no habría sabido decir si su cumplido la había halagado o no. La expresión de Macy se mantuvo neutra. Se metió las manos en los bolsillos.

–¿Has tenido algún problema con el proyecto?

Ella encogió un hombro.

–Nada con lo que no pudiera lidiar.

Ryder esbozó una leve sonrisa. Buena respuesta. Tenía que admitir que, aunque apenas la conocía, Macy ya le gustaba más que cualquiera de las mujeres con las que había salido. Desde el momento en que había decidido que iba a casarse con ella, hacía tres semanas, justo después de la lectura del testamento de su padre, había hecho algunas averiguaciones sobre ella, y había descubierto algunas similitudes entre los dos. Ambos provenían de familias de gran notoriedad, complicadas, y los dos se habían alejado todo lo posible de sus familiares y de la publicidad que los rodeaba.

El día de la lectura del testamento de su padre, se había llevado la desagradable sorpresa de que su padre había dividido las acciones de la compañía matriz, Grupo Bramson, entre sus hijos ilegítimos y él.

Su padre había empezado con una empresa en el sector alimentario, pero luego también había entrado en el sector hotelero, y Ryder siempre había pensado que sus medio hermanos heredarían Hoteles Bramson, y él Alimentación Bramson, la división a la que él

15

se había dedicado durante todos esos años, o que, siendo como era el único hijo legítimo, lo heredaría todo.

Pero en vez de eso, tras la repentina muerte de su padre, lo que éste había dejado dispuesto en su testamento no había hecho sino embrollarlo todo. Ni sus medio hermanos ni él tenían suficientes acciones de la empresa matriz como para hacerse con el control, y la junta directiva se había convertido en un campo de batalla.

Hasta su divorcio, su madre había sufrido estoicamente la infidelidad de su marido, y a cambio él la había humillado públicamente tras su muerte. Por eso Ryder estaba decidido a conseguir la mayoría de las acciones para hacerse con el control del la junta directiva y volver a poner las cosas en su sitio.

Sin embargo, el fondo de la cuestión era que necesitaba hacerse con las acciones del Grupo Bramson que tenía Ian Ashley, el padre de Macy, y el problema era que éste no estaba dispuesto a venderlas si no era junto con su empresa, Ashley Internacional, y únicamente al hombre que se casara con una de sus dos hijas. Si además de conseguir las acciones casándose con ella, resultaba que había química entre Macy y él, tanto mejor.

Era el momento de poner su proposición encima de la mesa, y por eso la había hecho ir a su despacho, para poder hablar a solas con ella.

Sabía que su padre no le había dicho las condiciones de la venta de su empresa, que quería que el nuevo propietario contrajese matrimonio con una de sus hijas. Parecía que era un hombre de negocios chapado a la antigua y que quería que la empresa familiar

16

pasase a un heredero varón, y como sólo tenía hijas quería vendérsela a un yerno que le diese un nieto.

En un primer momento, por principios, Ryder se había mostrado reacio a admitir aquella exigencia de matrimonio vinculada a la venta, pero el testamento de su padre lo había cambiado todo. El hacerse con las acciones que obraban en poder de Ian Ashley ya no era algo negociable.

Por eso, dado que Macy ignoraba los planes de su padre, había decidido que lo mejor sería decírselo con suavidad, asegurarse de que su proposición no resultase demasiado brusca. Naturalmente a Macy le parecería repentina, pero, a menos que estuviese equivocado con respecto a ella, estaba convencido de que sería lo bastante práctica como para apreciar su proposición en lo que valía: sería un marido fiel, solvente con herencia o sin ella, y sería un buen padre. Además, con tal de conseguir un sí de ella, estaba dispuesto a ofrecerle lo que quisiera, ya fuese una casa en la Riviera francesa, su propia compañía, o cualquier otra cosa.

Fue a cerrar la puerta, se colocó delante de su escritorio, y se apoyó en el borde.

–Macy, me gustaría que nos viésemos después del trabajo –ella iba a abrir la boca, pero la interrumpió antes de que pudiera decir nada–. Ven a tomar algo conmigo esta noche.

A Macy el corazón le palpitó en la garganta, y no fue capaz de mirarlo a los ojos.

–Me temo que eso no va a ser posible.

Sin darse por vencido, Ryder señaló el ventanal.

–¿Cuál es mejor sitio para tomar una copa en esta ciudad?

17

Macy parpadeó.

–Probablemente The Jazz Room, pero no tengo ningún interés en mezclar el trabajo con mi vida personal, señor Bramson.

–Ryder.

Ella se puso muy tiesa.

–Ryder, si fuera para hablar de trabajo no tendría inconveniente en...

–No quiero hablar de trabajo –la interrumpió él–. Te estoy pidiendo una cita.

Macy apretó los labios.

–Pues preferiría que no lo hicieras.

Ryder había esperado que opusiera alguna resistencia, así que su negativa no le preocupó.

–¿Porque soy tu jefe?

Ella le sostuvo la mirada sin parpadear.

–Entre otras razones.

–Bueno, empecemos por ésa. No te estoy pidiendo salir como jefe tuyo. Te lo estoy pidiendo como un hombre que tiene ante sí a una mujer hermosa con la que le gustaría tomar una copa... aun cuando sea algo inapropiado –le dijo–. Y quiero que sepas que nunca antes había hecho esto.

Los ojos castaños de Macy bajaron a su boca por un instante, y fue como si cada nervio de sus labios se volviese hipersensible de repente.

–No puedo olvidarme de que eres mi jefe. Tengo la esperanza de conseguir un ascenso que depende de ti, y preferiría no complicar las cosas.

Ryder sonrió. Integridad; una cualidad muy atractiva.

–¿Y si te diese ahora ese ascenso? ¿Si te dijese que

18

serás la directora general de la división australiana de Chocolate Diva?

Ella lo miró con unos ojos como platos y sus labios se entreabrieron un momento, pero de inmediato se controló.

–En ese caso diría que ya se han complicado las cosas. Quiero ese ascenso, pero no quiero que nadie cuestione cómo lo conseguí.

Él se apartó de la mesa y se colocó frente a Macy.

–No tenemos por qué saberlo.

Ella se echó el pelo hacia atrás.

–Ésa no es la cuestión. Yo sí lo sabría.

Aquello no pilló desprevenido a Ryder. Si Macy hubiese querido tomar la vía fácil, todavía estaría en casa viviendo del dinero de su padre, como su hermana. Le agradó que se negara a aceptar un ascenso sin habérselo ganado. Prefería tener una esposa con principios aunque eso hiciese las «negociaciones» más difíciles.

Tomó la mano de Macy entre las suyas. El tacto de su suave piel hizo que una ola de calor recorriera su cuerpo, y por un momento se olvidó de la urgencia por conseguir que accediera a casarse con él, se olvidó de las acciones que quería comprar, de la herencia... Dios, cómo deseaba a aquella mujer.

Mientras la observaba, las mejillas de Macy se tiñeron de rubor. Ella también lo había sentido. La tentación de besar esos exquisitos labios era casi irresistible. Notó que todo su cuerpo se tensaba, y de pronto le costaba respirar, pero no podía dejarse llevar. No podía dar por ganada la batalla antes de librarla. Tenía que convencerla para que se casase con él, no seducirla para llevársela a la cama.

Carraspeó.

–¿Y si te prometo que nuestra cita no influirá en ese posible afecto, que esta cita quedará entre nosotros, y que no será más que una copa?

Su piel era tan suave que no pudo resistirse a acariciarle el dorso de la mano con el pulgar. Las pupilas de Macy se dilataron. Estaba venciendo sus resistencias.

–Una copa, Macy. Nada más –le dijo con una sonrisa. Dios, era preciosa.

Macy retiró su mano y asintió, convirtiéndose de nuevo en la fría mujer de negocios.

–De acuerdo; nos veremos en The Jazz Room. A las siete en punto.

–Esperaré ansioso a que llegue esa hora –dijo él antes de que ella se diera la vuelta y saliera de su despacho–. Más de lo que te imaginas –murmuró ya a solas.

Se llevó una mano a los labios, que aún le cosquilleaban de excitación. Si pudiese lograr que accediese a casarse con él, estaba seguro de que a partir de ahí la cosa iría a toda máquina. Tenía el presentimiento de que sería exactamente así, de que acababa de conseguir una cita con su futura esposa.

A las siete en punto Macy entraba en The Jazz Room, un club nocturno de moda con música jazz en vivo que siempre estaba lleno de gente guapa vestida con sus mejores galas. El local, casi a rebosar, estaba decorado en tonos negro y rojo oscuro.

Vio a Ryder sentado en uno de los taburetes altos a lo largo de la reluciente barra metálica y por segunda vez en el día volvió a sentirse nerviosa, algo

20

inusual en ella. No podía creerse que estuviese haciendo aquello. Ella, que siempre se había cuidado mucho de separar el trabajo y su vida privada, había accedido a tener una cita con su jefe.

Al verla, Ryder se bajó del taburete y se dirigió hacia ella con los andares de un depredador. A Macy le flaquearon las rodillas, y las juntó para que dejasen de temblar.

Ryder se detuvo tan cerca de ella que podía oler su colonia, sentir el calor de su cuerpo, y ver el brillo de su mandíbula recién afeitada.

Él se inclinó para besarla en la mejilla, y la sorprendió que se tomara esas confianzas tanto como el cosquilleo que el contacto de sus labios le dejó en el rostro.

—Estás preciosa —murmuró Ryder.

Macy se humedeció los labios con la lengua.

—Gracias.

Vio como Ryder observaba su boca antes de mirarla a los ojos.

—¿Prefieres que nos sentemos en una mesa, o en la barra?

Agradecida por tener un motivo para apartar la vista de él, Macy giró la cabeza y recorrió el local con la mirada.

—En una de las mesas que hay allí, al fondo, estaremos más tranquilos —le dijo señalando.

Ryder le puso una mano en la cintura y se dirigieron allí serpenteando por entre las mesas. Al llegar a una mesa libre le apartó la silla para que se sentara, y luego tomó asiento frente a ella.

—¿Habías venido aquí antes?

21

Ella asintió.

–¿Vienes a menudo?

Macy encogió un hombro mientras hojeaba la carta de las bebidas.

–Alguna que otra vez.

Ryder se quedó callado, y ella siguió mirando la carta. Sentía que estaba observándola.

–¿Por qué tengo la impresión de que no hablas mucho de ti misma? –preguntó Ryder, rompiendo por fin el silencio.

Macy sonrió, cerró la carta y la dejó sobre la mesa.

–Yo tomaré un margarita.

Ryder levantó la mano para que les atendieran, y se acercó un camarero. Ryder pidió el margarita para Macy y un martini sin aceituna para él.

Cuando el camarero se hubo alejado, Ryder le preguntó a Macy:

–¿Qué te hizo venirte aquí, a Melbourne?

–Me gusta esto.

–Supongo que no por las temperaturas. Un calor sofocante durante el día, y un frío que pela por las noches –apuntó él con una media sonrisa.

Macy cruzó las piernas bajo la mesa, irritada por el hecho de que llevara allí menos de un día y ya le estuviera encontrado faltas a su país de acogida.

–La verdad es que también me gustan esas variaciones del tiempo. El truco está en llevar varias capas de ropa para ir abrigado, pero poder quitarte alguna cuando haga calor.

–Esa información me será útil.

El camarero regresó en ese momento con sus bebidas. Ryder tomó un sorbo de su martini.

22

–Demasiado seco.

Macy jugueteó con su copa, dándole varias vueltas en busca del sitio perfecto en el borde adornado con sal para probar la bebida. Ryder tomó otro trago de su martini y se echó hacia atrás.

–Cuéntame algo de ti.

Macy tomó un sorbo de su margarita y se lamió la sal de los labios. Ése era exactamente el problema de salir con alguien del trabajo: compartir información personal. La prensa llevaba años difundiendo detalles de su vida personal, y aquello siempre le había dejado un regusto amargo. Golpeó el pie de su copa con la yema del índice.

–Ryder, no finjas que no sabes quién soy.

Aunque últimamente los medios habían dejado de hablar de ella, era imposible que Ryder no supiera quién era su padre, o su hermana, que aparecía casi todas las semanas en la prensa de papel cuché. Su apellido era más que conocido.

Él la miró a los ojos.

–Sé quién es tu familia, y sé algo de tu infancia, como muchos americanos, pero te equivocas: apenas sé nada de ti, y me gustaría conocerte mejor.

Macy exhaló un largo suspiro. Aquella farsa ya había durado demasiado. Creía que podía jugar a aquel juego, salir a tomar una copa con su jefe nada más, pero se había equivocado.

Se echó el pelo hacia atrás y lo miró.

–Ryder, sé que accedí a esta cita, pero tengo que decirte que no me siento a gusto con esto.

Él se irguió en su asiento y frunció el ceño.

–¿He hecho algo que te haya incomodado?

El estómago el dio un vuelco a Macy. Lo había ofendido; había ofendido al hombre en cuyas manos estaba el darle o no el ascenso que quería.

Levantó una mano.

—No, no es eso; tú no has hecho nada, pero es que... Eres mi jefe. Eres quien paga mi salario y de quien depende mi futuro en la empresa, y no puedo relajarme.

Ryder se inclinó hacia delante.

—Lo comprendo. Yo tampoco había hecho nunca algo así —luego, en un tono más grave, añadió—: Pero aquí y ahora no soy tu jefe; sólo soy un hombre, nada más.

Macy vaciló.

—No es cierto. Eres mi jefe lo quieras o no. Eso es algo que no podemos ignorar.

Ryder enarcó una ceja.

—¿Y qué tal si no lo ignoramos?, ¿qué tal si partimos de ahí?

—No creo que funcione.

—Lo que pasa es que no estamos haciendo las cosas bien. En una cita dos personas charlan un poco para conocerse mejor, pero si tú no quieres hablar de ti, yo puedo hablarte un poco de mí.

Macy, sentada en el borde de su asiento, vaciló. Una parte de ella quería marcharse; otra quería escuchar qué iba a contarle. Como ella, Ryder se negaba a conceder entrevistas a los medios, y por el comentario que uno de sus empleados le había hecho esa mañana, diciéndole que le llamaban «la Máquina», sospechaba que tampoco solía abrirse con la gente que lo rodeaba.

Ryder debió interpretar por su silencio que estaba dispuesta a escucharle, y después de tomar otro sorbo de su martini comenzó a hablar.

–Imagino que sabrás que nací en Rhode Island y que crecí entre esa ciudad y Nueva York.

Macy asintió y se echó hacia atrás en su asiento. También había oído hablar de lo que era un secreto a voces: que tenía dos medio hermanos. Se preguntó si los mencionaría, pero lo dudaba.

–Mi padre pasaba mucho tiempo fuera, así que fue mi madre quien me crió –Ryder tomó otro sorbo de su copa–. Mi padre tenía una segunda familia: una amante y dos hijos de ella. Los había visto en los medios, pero no los conocí en persona hasta el funeral de mi padre. Luego volvimos a encontrarnos en la lectura del testamento.

Macy dio un ligero respingo, incapaz de creer que le estuviera contando aquello.

–Leí la noticia sobre la muerte de tu padre en los periódicos. Lo siento.

–Gracias –Ryder la miró un momento a los ojos antes de apurar su bebida y empujar la copa a un lado–. Su muerte fue un golpe inesperado, pero la verdad es que nuestra relación no era muy buena.

–Pero eso no significa que no te afectara, estoy segura –replicó ella. Su mente volvió al día en el que le habían dado la peor noticia de su vida, y sintió, como cada vez que lo recordaba, que los ojos se le llenaban de lágrimas. Se quedó callada un momento para recobrar la compostura–. Mi madre murió en un accidente aéreo cuando yo tenía trece años. El avión en el que viajaba se estrelló.

25

–Debió de ser muy duro para ti –dijo él con la voz ronca–. Te quedarías destrozada al saberlo.

Sí, al enterarse de la noticia había querido acurrucarse en un rincón y dejarse morir. Incluso en ese momento, años después, al recordarlo notaba un horrible vacío en su interior, como un agujero negro de desolación que amenazara con devorar cualquier atisbo de felicidad.

Cerró los ojos un largo instante, alejando aquella honda tristeza de sí antes de volver a abrirlos y asentir.

–Más que destrozada. Mi hermana y mi padre se refugiaron el uno en el otro, mientras que yo... –«yo aprendí a no volver a confiar nunca en nadie», pensó. Su padre se había distanciado de ella cuando más lo necesitaba: a los trece años, cuando acababa de perder a su madre–. Yo aprendí a que tenía que enfrentarme sola a la vida –sacudió la cabeza, apartando esos pensamientos, y cambió de tema–. ¿Te habría gustado haber tenido algún hermano junto al que crecer?

Él abrió la boca, pero luego frunció el ceño y volvió a cerrarla. Macy tuvo la sensación de que había estado a punto de darle una respuesta cliché, pero que por alguna razón había cambiado de idea. Cuando por fin habló su tono era más grave de lo habitual.

–De niño sí, pero no creo que hubiera sido un buen hermano.

El corazón de Macy se ablandó. La halagaba que le hubiese dicho la verdad, que se hubiese abierto a ella.

–Estoy segura de que eso no es cierto.

Ryder la miró a los ojos, y la atracción que había entre ellos volvió a salir a la superficie. Macy sintió que se

26

derretía por dentro, y vio a Ryder tragar saliva antes de alargar el brazo y poner su mano sobre la suya.

El corazón le latía con fuerza, y de pronto fue como si el mundo se hubiese detenido. Los ruidos a su alrededor se acallaron. Para ella en ese momento no había nadie más que ellos dos.

Sin apartar sus ojos de los de él, giró la muñeca para que su palma quedara en contacto con la de él. El calor de la mano de Ryder se extendió por todo su cuerpo, haciéndola estremecer de deseo.

El pecho de él subía y bajaba tan agitado como el de ella, y había entreabierto los labios, como si fuera a decir algo... o a besarla. Ryder murmuró su nombre, devolviéndola a la realidad. Roto el hechizo del momento, Macy bajó la vista y apartó su mano para ponerla junto a la otra en su regazo. Ryder tomó su copa vacía.

—¿Otro margarita? —inquirió con voz ronca.

—Dijiste que sólo una copa —le recordó ella sin mirarlo.

—Pensé que a lo mejor te apetecía otra.

—No —replicó ella—. Te agradezco el ofrecimiento, pero no. Tengo mucho trabajo pendiente para mañana; gestiones que tengo que hacer para nuestro viaje a Sydney dentro de dos semanas —añadió. Iba a llevar a Ryder allí para que, entre otras cosas, viera el local donde estaban pensando abrir su primera tienda—. Así que lo mejor será que me vaya y me acueste temprano —concluyó poniéndose de pie.

Ryder se levantó también.

—Te acompañaré a casa.

Macy se mordió el labio. Tenía que poner fin a

27

aquella cita antes de que hiciera algo verdaderamente estúpido, como echarle los brazos al cuello y apretarse contra él.

–No hace falta.

–No es molestia. Es lo que hago siempre que tengo una cita –replicó él–. Espera un momento; iré a pagar a la barra y nos vamos.

Momentos después, ya en la calle, Macy se volvió hacia él y le dijo:

–De verdad que no hace falta que me acompañes.

Ryder le dirigió una media sonrisa.

–No pienso ceder, Macy; voy a acompañarte.

Tomó su mano y le dio un beso en la muñeca que hizo que una ola de calor la invadiera. Se apresuró a soltarse. No podía dejar que la engatusara.

Ryder volvió a sonreír, como divertido, y levantó el brazo para llamar un taxi, que se detuvo a su lado. Le abrió la puerta, y Macy subió al vehículo seguida de él. Aquello era mucho más íntimo que estar sentada con él en un club nocturno, pensó.

–¿Adónde, Macy? –le preguntó Ryder.

Ella se abrochó el cinturón, decidida a mantener las distancias entre los dos a toda costa. Un ascenso valía más que una noche en la cama con su jefe.

Capítulo Tres

Cuando Ryder oyó a Macy darle la dirección al taxista, frunció el ceño. Nunca antes había estado en Melbourne, y sólo le sonaba el nombre de unas pocas calles.

–¿Vives al lado de la oficina? –le preguntó sorprendido.

–Sí.

Ryder se acordaba de la dirección que había visto en su currículum cuando le había ofrecido trabajar para él en aquel proyecto, y no era la misma a la que se dirigían en ese momento.

–Pero la empresa para la que trabajabas antes estaba en la otra punta de Melbourne –comentó, por no decirle que recordaba la dirección que ponía en su currículum.

–Es verdad –admitió ella mirando por la ventanilla. Volvió la cabeza hacia él–. Pero me he mudado.

Ryder se giró hacia ella. Aquello sí que era interesante.

–¿Te has mudado por un proyecto de dos meses?

Macy encogió un hombro.

–Me gusta vivir cerca de donde trabajo.

Más que cerca, muy cerca, pensó él.

–¿Y siempre que cambias de trabajo te mudas?

Macy se movió incómoda en su asiento. Interesante.

–Normalmente –respondió con una sonrisa–. Me

29

parece que es lo lógico puesto que en la oficina es donde paso la mayor parte del día. Y así, si vivo cerca, puedo estar allí en poco tiempo en caso de emergencia.

Ryder frunció el ceño, considerando las piezas del puzle. Estaba seguro de que eso no era todo.

–Entonces supongo que lo que haces es alquilar un apartamento de forma temporal.

Macy asintió.

–Es lo que mejor se ajusta a mis necesidades.

El taxista estaba deteniendo el vehículo frente a un bloque de apartamentos en el centro de la ciudad.

–¿En qué sentido? –inquirió Ryder, inclinándose hacia la ventanilla de Macy para mirar el edificio.

–Pues en el sentido de que es algo temporal –contestó ella, agarrando la manilla de la puerta–. Gracias por acompañarme.

Ryder la miró con el ceño fruncido. ¿De verdad pensaba que iba a dejarla sola en la calle a esas horas? Además, no debería esperar más para hacerle la proposición que quería hacerle. Sentía que conectaban bien, y esperaba que eso fuera suficiente para hacerle ver la lógica de su oferta.

Pagó al taxista y le dijo a Macy:

–Te acompañaré hasta la puerta.

Los carnosos labios de ella se apretaron en una fina línea.

–No es necesario, de verdad.

Ryder tomó el cambio que le tendía el taxista y le dio las gracias.

–Pues claro que es necesario –replicó antes de salir y rodear el vehículo para ayudar a Macy a bajar.

Si vivía de alquiler, eso significaba que no tenía

30

nada que la atara a aquel lugar, y no tendría problema en volver con él a los Estados Unidos si lograba
que aceptase su proposición, se dijo muy ufano.

Cuando entraron en el edificio, aparte del portero no había nadie, y las pisadas de ambos resonaron
en los suelos de mármol del vestíbulo. Su primera
cita no había ido mal, pensó. Ahora sólo tenía que
conseguir que lo invitara a subir a su apartamento y
exponerle su proposición.

Al llegar a los ascensores Macy se detuvo y se volvió hacia él.

–Bueno, ya sólo tengo que tomar el ascensor para
subir a mi apartamento. Ya me has traído a casa, gracias –le dijo.

Se humedeció los labios, y los ojos de Ryder se quedaron pegados a ellos. No habría podido apartar la vista aunque le hubieran apuntado con una pistola a la
cabeza. El exótico aroma de su perfume lo rodeó.

–Invítame a subir –le dijo.

Macy se estremeció ligeramente, pero luego arqueó una ceja, como para fingir que no tenía ningún
efecto sobre ella, que seguía teniendo el control de la
situación.

–¿Por qué tendría que hacerlo?

Una sonrisa se dibujó lentamente en el rostro de
Ryder. El ver que quería ocultar su vulnerabilidad lo
excitaba. Podía imaginarla retorciéndose de placer
en su cama, entre sus brazos, debajo de él, habiendo
renunciado a todo control.

Cuando volvió a hablar, su voz sonó ronca por el
deseo.

–Hay algo de lo que quiero hablarte.

31

Macy bajó la vista a su boca antes de volver a mirarlo a los ojos.

–Dudo que hablar sea lo que tienes en mente.

Ryder la tomó de la mano.

–Bueno, el que quiera hablar contigo no quiere decir que no me muera por tocarte –le dijo. «Por besarte, por hacerte el amor», añadió para sus adentros.

Las pupilas de Macy se dilataron, pero no se movió. Ryder se inclinó hacia ella y rozó sus labios ligeramente contra los de ella. No pretendía que aquello fuera más que eso, un breve y leve contacto, pero cuando ya iba a levantar la cabeza no pudo resistir la tentación de hacerlo de nuevo. No había podido apartar esos labios de sus pensamientos en todo el día. Sólo quería rozarlos con los suyos una vez más...

Los labios de Macy cedieron a la suave presión, entreabriéndose, y Ryder no necesitó más invitación para hacer lo que llevaba queriendo hacer desde el momento en que la había visto entrar en el club nocturno. La lengua de Macy tocó la suya; la caricia más dulce que jamás habría podido imaginar.

Embriagado por su perfume, tomó su rostro entre ambas manos. Su piel parecía seda. Sintió las manos de Macy en sus hombros, al principio vacilantes, y luego más seguras cuando descendieron hacia su nuca, dejando que sus dedos se enredaran en los mechones de su corto cabello y...

De pronto un destello iluminó el vestíbulo, y Ryder se echó hacia atrás, parpadeando y mirando a su alrededor. A través de la pared de cristal que cubría la parte frontal del vestíbulo vio a un tipo haciendo fotografías sin parar con una cámara con teleobjetivo.

El portero ya estaba saliendo para echarlo de allí, y Ryder empujó a Macy hacia un hueco en la pared, donde estaría más protegida, antes de echar a correr hacia la puerta. Sin embargo, cuando llegó, el fotógrafo ya había huido calle abajo.

Los paparazzi habían dado con él. Entornó los ojos mientras veía a aquel cobarde alejándose. Había conseguido esquivarlos desde que su avión había aterrizado en Australia, pero parecía que de algún modo habían logrado encontrarlo. Desde la muerte de su padre el acoso sobre él y sus medio hermanos se había vuelto mucho peor. La mayor parte del tiempo los ignoraba y no dejaba que lo afectase lo que se decía en los medios de él, pero aquel tipo acababa de interrumpir algo muy privado, algo que había estado disfrutando inmensamente. Le dio un puntapié al pavimento, aceptó las disculpas del portero y volvió dentro.

Macy seguía en el hueco de la pared, con los brazos rodeándole la cintura, y bastante pálida. Sin pensarlo la abrazó, en un intento por reconfortarla. Macy debía de estar más acostumbrada que él a que la persiguieran los paparazzi, pero hacía bastante que no veía fotos suyas en los periódicos; debían de haberle perdido la pista cuando se había ido allí, a Australia y seguramente no se había esperado que pudieran dar con ella. Además, los dos se habían dejado llevar por el beso, y seguramente aún estaba aturdida por la brusca manera en que había acabado.

–Lo siento –susurró contra su cabello.

Macy, que aún tenía los brazos rodeándole la cintura, se quedó muy quieta. Parecía que estuviera a un millón de kilómetros de él.

33

–Pues yo creo que ese fotógrafo ha sido muy oportuno –replicó con voz temblorosa.

–¿Qué quieres decir? –Ryder la apretó contra sí, deduciendo por dónde iban sus pensamientos.

Macy se apartó de él e irguió los hombros, como dispuesta a enfrentarse a cualquier cosa, pero había dolor en su ojos. Inspiró profundamente y expiró.

–No voy a tener una aventura contigo, Ryder; eres mi jefe. Me he esforzado mucho por tener una buena reputación profesional como para dejar que algo así la arruine.

–¿Qué te hace pensar que sólo quiero tener una aventura contigo?

Ella le lanzó una mirada que era una mezcla de dolor y cinismo a partes iguales.

–La experiencia.

¿Tenía aquello que ver con el modo en que la había tratado su padre tras la muerte de su madre? Por el tono en que le había hablado de ello en el club nocturno tenía la impresión de que se sentía dolida y traicionada. Quería volver a abrazarla, ofrecerle palabras de consuelo, pero sabía que ella no quería su compasión, así que se mordió la lengua y esperó.

Macy miró hacia el lugar donde había estado, momentos antes, el fotógrafo, y luego giró de nuevo la cabeza hacia él.

–Lo siento. Nunca debería haber accedido a esta cita –dijo poniéndose muy tiesa–. He pasado un rato agradable, y te lo agradezco, pero espero que comprendas que esto no puede repetirse.

Ryder frunció el ceño. Era evidente que aquello era un problema que tendría que solucionar si quería convencerla de que se casase con él. Tenía que andarse con pies de plomo. Le alzó la barbilla con el nudillo del índice para que lo mirara, y le dijo:

–Macy, no dejes que uno de esos parásitos arruine nuestra noche. Estaba siendo una velada maravillosa hasta que ese flash se disparó.

La mirada de ella se suavizó por un momento, y Ryder creyó que estaba logrando calmarla, pero Macy volvió a ponerse rígida.

–Yo... tengo que irme.

Se giró y se alejó hacia uno de los ascensores. Ryder se quedó observándola con la mandíbula apretada. Quería ir detrás de ella, pero se contuvo para no hacerlo. No podía echar aquello a perder. Había mucho en juego. Si quería hacerse con esas acciones, tendría que tener cuidado de no presionarla.

Cuando las puertas del ascensor se cerraron detrás de ella, se quedó plantado allí de pie, en medio del vestíbulo, y lo invadió una sensación de vacío extraña para un hombre que se jactaba de ser un lobo estepario. «Estás comportándote como un sentimental y un tonto», se dijo. Y abandonó el edificio para buscar un taxi.

A la mañana siguiente Macy salió al pasillo y cerró la puerta de su apartamento tras de sí. Había sido una noche muy larga y apenas había dormido pensando en Ryder, recordando su rostro descendiendo hacia el de ella, los mechones de su cabello entre sus dedos, su aliento sobre sus mejillas...

Pulsó el botón para llamar el ascensor y golpeteó el suelo impaciente con el pie hasta que llegó a su plan-

35

ta y se abrieron las puertas. Después de lo que había pasado entre Ryder y él la noche anterior, no sabía cómo iba a mirarlo a los ojos aquella mañana. Había besado a su jefe... ¿Volvería a tomarla en serio o intentaría flirtear con ella de nuevo? ¿Se daría cuenta la gente en la oficina de que había pasado algo entre ellos? ¿Se reirían y cuchichearían por detrás, pensando que había intentado acostarse con él para conseguir un ascenso?

Por increíble que hubiese sido, no podía dejar que se repitiera aquel beso si quería mantener su reputación profesional... y la cordura.

Cuando el ascensor llegó a la planta baja, le sonó el móvil. Lo abrió y al contestar oyó la voz de Ryder al otro lado de la línea.

–Puedo explicarlo.

Macy esbozó una sonrisa amarga. Ya era un poco tarde, pero al menos parecía que había recapacitado sobre lo ocurrido.

Se despidió del portero con la mano y salió a la calle, envuelta en una ligera bruma matinal.

–Prefiero olvidarlo. No fue más que un beso; olvidémoslo.

Hubo un silencio al otro lado de la línea.

–¿Has leído los periódicos?

Macy se apretó un poco el pañuelo que se había puesto en el cuello y frunció el ceño.

–No.

–Voy para la oficina. Estaré ahí en diez minutos –dijo Ryder. Y colgó.

Macy guardó el teléfono en el bolso y apretó el paso para entrar momentos después en el edificio contiguo, que albergaba las oficinas de Chocolate Diva.

36

Ryder había mencionado los periódicos. ¿Habría algún artículo sobre los planes de la compañía de entrar en el mercado australiano? O... ¿O podría estar relacionado con el fotógrafo que los había seguido la noche anterior?

Claro que había estado a cierta distancia de ellos y había tomado las fotos a través de un cristal, así que esperaba que no pudiese usar ninguna de las instantáneas que había tomado. Pero, en cualquier caso, ya se tratara de un artículo o de aquello del fotógrafo... ¿qué tenía que explicarle Ryder?

Cuando llegó a su despacho, se sentó frente a su ordenador. En cuanto lo inició entró a ver la página de uno de los principales periódicos de Melbourne en Internet, y el estómago le dio un vuelco.

Allí, en portada, había una fotografía de Ryder besándola en el vestíbulo de su bloque. La fotografía estaba algo borrosa, pero no había duda de que eran ellos. Sus ojos volaron al titular:

Bramson compra a la heredera de Ashley International.

Siguió leyendo, y a cada línea que leía el corazón le latía más deprisa.

(...) un acuerdo secreto entre Bramson y Ian Ashley (...) nuestras fuentes aseguran que el precio era contraer matrimonio con Macy Ashley (...) Bramson quería casarse con la hija más joven y guapa, pero Ian Ashley le dijo que la única opción era Macy (...) se cree que Bramson hizo efectivo el acuerdo con la señorita Ashley la noche anterior (...).

37

Temblorosa, Macy se llevó una mano a la boca. Su cerebro le gritaba que apagase la pantalla, pero no podía despegar la vista de ella. Tal vez fuesen todo mentiras. Se mordió el labio. Ryder le había dicho que podía explicarlo.

Oyó el «ding» del ascensor en el pasillo, y unos segundos después Ryder entraba en su despacho. Parecía más un comandante en el campo de batalla que esperaba que sus órdenes fuesen obedecidas sin ser cuestionadas, que un hombre que pretendía disculparse.

Se detuvo frente a su mesa y se metió las manos en los bolsillos de los pantalones con los puños apretados. Macy no podía levantarse; de todos modos no estaba segura de que sus temblorosas piernas no fueran a flaquear, así que decidió quedarse sentada.

Ryder escrutó su rostro.

—Lo has leído.

¿Ésas iban a ser sus primeras palabras?, ¿en vez de «no es más que un puñado de mentiras»? Se inclinó hacia delante.

—¿Me estás diciendo que es verdad?

Ryder suspiró.

—Parte sí.

Macy cerró los ojos e inspiró y expiró lentamente varias veces, tratando de calmarse. Era más fácil que mirar a los ojos de otra persona que la había traicionado, como su padre. Volvió a abrir los ojos.

—¿Cuándo pensabas decírmelo? Si es que pensabas decírmelo...

—Pretendía hacerlo anoche.

Macy recordó entonces que le había pedido que lo invitara a subir a su apartamento, que necesitaba hablar con ella de algo importante. En aquel momento había creído que estaba mintiéndole, que lo que quería era acostarse con ella, pero era posible que se hubiese equivocado.

Se levantó lentamente.

–¿Qué parte es cierta?

Ryder se pasó una mano por el cabello y volvió a metérsela en el bolsillo del pantalón.

–Quiero comprar la compañía de tu padre, pero me dijo que sólo se la vendería al hombre que se convirtiese en su yerno. Me dijo que la compañía había pertenecido a vuestra familia durante tres generaciones, y que quería que así siguiera siendo.

Macy sintió que la bilis se le subía a la garganta. Sí, de su padre podía creerse aquello. Encajaba con la preocupación obsesiva que tenía con el futuro de la compañía, y con su desprecio a la idea de que una de sus hijas pudiese hacerse cargo de ella.

Esbozó una sonrisa amarga.

–Y según he leído la única opción que puso sobre la mesa era yo, para decepción tuya.

Ryder levantó una mano.

–Eso es mentira. Las condiciones estipuladas por tu padre eran que podía casarme con cualquiera de sus dos hijas, y te elegí a ti.

Macy soltó una risa incrédula. Eso sí que no podía creérselo. Los hombres siempre preferían a Kyla: la hermana guapa y sexy. ¿Cómo no iba a haberla elegido a ella si su padre le hubiese dado la posibilidad?

De pronto otro pensamiento cruzó por su mente.

–¿Se lo dijiste a los medios?

–No –replicó él frunciendo el ceño–. Y para serte

sincero, no alcanzo a imaginar cómo han podido enterarse. Imagino que tu padre tampoco querrá este tipo de publicidad.

Macy suspiró.

–Kayla –dijo. Era el estilo de su hermana.

–¿Por qué iba a hacer algo así?, ¿para hacer peligrar la venta?

–No, para que yo me niegue –respondió Macy.

«Y para quedarse ella con el soltero más codiciado», añadió para sus adentros.

Lo cual la llevaba de nuevo a dos hechos: que su padre había intentado venderla, y que Ryder había aceptado su oferta.

–No puedo creerme que consideraras su oferta, y mucho menos que llegaras a un acuerdo con él –le dijo.

Parecía que su habilidad para juzgar a la gente no había mejorado en nada, sino más bien lo contrario.

En ese momento se oyeron pasos fuera, y Macy oyó a Tina dejar su bolso sobre su mesa, que estaba en la antesala a su despacho. Un momento después asomaba la cabeza para saludarla, como todas las mañanas, pero al ver a Ryder allí vaciló.

–¿Todo bien?

Ryder no apartó los ojos de Macy cuando ésta contestó.

–Todo bien, gracias, Tina. Cierra la puerta cuando salgas.

Cuando Tina hubo cerrado, Ryder continuó en un tono calmado y persuasivo:

–Nuestro matrimonio podría funcionar. Yo sería un marido fiel y un buen padre.

¿También había integrado niños en la ecuación?

40

Macy parpadeó. A cada minuto que pasaba, aquella conversación se volvía más surrealista.

Ryder rodeó la mesa, eliminando esa barrera entre ellos.

–Y estoy dispuesto a darte lo que quieras: una casa en la Toscana, tu propia compañía, diamantes, rubíes, zafiros... Lo que tú me digas –ladeó la cabeza–. Además, yo creo que nos llevaríamos bien.

En un gesto inconsciente de protección, Macy cruzó los brazos sobre el pecho. No de protegerse de sus palabras, sino del efecto que tenía sobre ella. El solo olor de su colonia hacía que aflorasen a su mente recuerdos del beso de la noche anterior.

Alzó la barbilla.

–No sé por qué piensas que esa oferta tan peculiar podría interesarme, pero no accederé a un matrimonio de conveniencia ni ahora, ni nunca. Ni siquiera nos conocemos lo bastante como para estar teniendo esta conversación –dejó caer los brazos y exhaló un pesado suspiro–. Además, ¿qué hay del amor? ¿No quieres esperar a encontrar a una mujer de la que puedas enamorarte y casarte con ella?

Ryder se encogió de hombros.

–En eso quiero ser sincero contigo: eso es algo que no te puedo ofrecer: amor.

Macy lo miró boquiabierta y sacudió la cabeza.

–Si supieras algo de mi familia, sabrías que el último hombre con el que me casaría sería un hombre que me eligiese mi padre.

–Pues anoche yo tuve la impresión de que te gustaba –replicó él con voz seductora.

Sin pretenderlo, Macy bajó la vista, y sus ojos se po-

41

saron en la pantalla de su ordenador, en la imagen de Ryder besándola. De pronto se notó la boca seca, y tragó saliva, recordando el tacto de sus labios, las caricias de su lengua...

Ignoró el deseo que la invadió, y alzó la vista hacia él, resuelta.

–No pienso incumplir mi contrato; soy una profesional. Seguiré en mi puesto las seis semanas que faltan para concluir el proyecto, y luego me iré. Ya no quiero ese ascenso. Y entretanto, no más juegos. Mantendrás las distancias conmigo. Nada de reuniones a puerta cerrada en tu despacho, ni viajes juntos como el que estaba programado a Sydney dentro de dos semanas.

Ryder se irguió.

–Eso no puedo aceptarlo.

Macy lo miró de hito en hito.

–¿Perdón?

–Si vas a cumplir con tu contrato, vendrás conmigo a Sydney como estaba previsto. No voy a hacerlo con tu contable ni con tu asistente cuando tú, que eres la líder del equipo, estás disponible.

Macy dio un paso atrás. La cabeza le daba vueltas.

–No esperarás de verdad que...

–Me temo que sí –la cortó él. Había desaparecido cualquier rastro del hombre que la había besado la noche anterior. «La Máquina» había vuelto–. Aunque pienses dejar tu puesto cuando acabe tu contrato, tienes que cumplir con tus deberes y con tu trabajo.

Y, dicho eso, se giró sobre los talones y salió, dejándola allí boquiabierta. ¿Y el día anterior había pensado que estaba acorralada? Parecía que acababa de subir un nivel más.

42

Capítulo Cuatro

Una semana después

Tras dos horas caminando con Macy por una fábrica de chocolate de Melbourne que se estaba planteando comprar, saludando y estrechando la mano a los empleados, a Ryder le había entrado un dolor de cabeza monstruoso.

Probablemente era por la falta de sueño. Desde el día en que había besado los dulces labios de Macy no había conseguido dormir bien una noche entera. Su cuerpo le pedía que aquello se repitiera, y que le diera algo más. Muchas noches, después de horas dando vueltas en la cama, había acabado rindiéndose y se había puesto a trabajar hasta el amanecer, aunque ni siquiera entonces habían dejado de atormentarlo visiones de su boca, de las manos de Macy en su cabello, del sensual gemido que había escapado de su garganta cuando la estaba besando.

Necesitaba tiempo para recomponerse un poco. Gracias a Dios que había un descanso de veinte minutos programado en la visita.

El gerente de la fábrica que los había guiado los llevó a una sala de juntas.

–Aquí es donde nos reuniremos con el dueño de la fábrica –les dijo–, así que he pensado que es donde estarán más cómodos y no tendrán que moverse.

Macy le estrechó la mano.

–Gracias, Peter. Muy considerado por tu parte.

El gerente le sostuvo la mano más de lo necesario, y Ryder, que lo vio, frunció el ceño.

–¿Podría hacer que me traigan una taza... no, mejor una jarra de café, un vaso de agua y una caja de aspirinas? –le pidió.

–Y una taza de té Earl Grey para mí si es posible –añadió Macy.

El hombre asintió y abandonó la sala. Ryder bajó las persianas de tela para evitar las miradas curiosas de los que pasaban por el pasillo, y también la intensidad de las luces para que no le molestaran tanto a la vista.

Se volvió hacia Macy y la miró. Había vuelto a recogerse el cabello. Lo había llevado así todos los días excepto el día en que se habían conocido y esa noche, cuando se habían besado. Aquella noche había podido deslizar los dedos entre sus sedosos mechones.

Se preguntó cómo reaccionaría si le pidiese que se lo soltase. A juzgar por el ligero ceño que lucía en ese momento, probablemente no muy bien. Estaba dándole vueltas a algo, estaba seguro. Probablemente nadie más lo había notado, pero él llevaba casi una semana observándola.

Se metió las manos en los bolsillos y le dijo:

–Has manejado muy bien a ese grupo de trabajadores que estaba protestando.

Macy encogió un hombro.

–Sus preguntas eran razonables.

44

–Y aun así has evitado contestar ninguna –comentó él.

Había sido tan hábil que había disipado la tensión dirigiéndose a ellos y, a pesar de que no había dado respuesta a sus inquietudes, habían vuelto a su puesto con la sensación de haber sido escuchados.

Macy tomó asiento en uno de los sillones de cuero en torno a la mesa alargada, y puso el maletín de su portátil sobre ella.

–No estoy en posición de prometerles que no perderán su empleo hasta que decidamos si vamos a comprar la fábrica o no.

Mientras Macy abría la cremallera del maletín de tela, Ryder se masajeó los músculos del cuello con la mano. Era evidente que Macy pensaba aprovechar esos veinte minutos para trabajar, pero no iba a permitirlo; no ahora que por fin estaban a solas. Además, quería intentar sondearla para averiguar qué le preocupaba.

Se desabrochó la chaqueta.

–No nos hace falta repasar los contratos, estadísticas, o lo que sea que vas a mirar. Ya me has puesto al corriente de la situación durante la visita, y confío en tu buen criterio.

Macy vaciló, volvió a cerrar el maletín y lo puso en el suelo.

–Muy bien –alzó la vista hacia él–. ¿En qué quieres que empleemos estos veinte minutos entonces?

Ryder se dejó caer en el sillón que ocupaba la cabecera de la mesa, y justo en ese momento entró una mujer con una bandeja en la que llevaba sus bebidas, un plato con pastas de té, el vaso de agua y la caja de aspirinas. Lo dejó todo sobre la mesa y salió discretamente.

Ryder sacó un par de aspirinas de la caja.

–Podemos quedarnos sentados un rato en silencio, descansando un poco, o podemos hablar. Lo que quieras –contestó a Macy. Tomó el vaso de agua y se tragó las aspirinas.

Macy se movió incómoda en su asiento.

–Bueno, ya que lo mencionas, hay algo de lo que quería hablarte.

Desde el día en que se había publicado aquel artículo sobre ellos, no sólo habían aparecido unos guardas de seguridad en el edificio donde estaban sus oficinas, sino también en el bloque en el que ella vivía. Cada tarde al salir del trabajo la escoltaban hasta la entrada de su bloque, protegiéndola del pequeño contingente de paparazzi que parecían haber acampado en la calle para no perderlos de vista a Ryder y a ella.

Cuando le había preguntado por aquello al portero, éste le había dicho que los había contratado el dueño del bloque, pero la tarde anterior, al volver a sacar el tema, el hombre le había confesado algo que había confirmado sus sospechas: Ryder estaba detrás de la contratación de aquel personal de seguridad.

Ryder se sirvió café en su taza y se echó hacia atrás con un suspiro.

–Dispara.

Macy se llevó la taza a los labios y tomó un sorbo.

–¿Por qué has contratado personal de seguridad para el edificio donde están nuestras oficinas?

Ryder recostó la cabeza en el asiento con la taza de café caliente entre sus manos, y la miró.

–Tuve que hacerlo; no puede uno fiarse de que los

46

paparazzi vayan a respetar la ley y no intenten colarse en el edificio.

–¿Y les has dado órdenes de que me escolten hasta mi bloque al salir del trabajo?

–Es el edificio de al lado –respondió él.

–Y dime otra cosa: ¿es la misma empresa que se encarga desde hace una semana de la seguridad en mi bloque?

Ryder, que sabía por dónde iba, suspiró y bebió un trago de café antes de contestar.

–Sí.

–¿Y cómo convenciste al dueño del bloque para que te dejara hacerlo?

–He comprado el edificio.

Los ojos de Macy relampaguearon.

–Ryder, no soy una damisela en apuros a la que tengas que salvar. Sé cuidar de mí misma, y no me gusta que vayas haciendo cosas como ésta a mis espaldas con la excusa de protegerme cuando no lo necesito.

Él se encogió de hombros y apuró el café antes de volver a dejar la taza sobre la mesa.

–No ha sido ninguna molestia.

–¿Que no ha sido ninguna molestia? ¡Si has comprado el edificio!

–Macy, ¿estás de acuerdo en que soy yo quien tiene la culpa de que los paparazzi te estén molestando?

Ella entornó los ojos.

–Completamente.

Él enarcó una ceja.

–Pues entonces déjame arreglarlo.

Macy inspiró y se quedó callada un momento antes de decir:

–Con una condición.

–Te escucho.

–No vuelvas a hacer algo así sin consultarme. Si vas a hacer algo que me afecta, quiero saberlo.

–De acuerdo –contestó él, inclinándose sobre la mesa y tendiéndole la mano.

Macy vaciló un instante, pero finalmente le estrechó la mano para cerrar el trato.

Ryder sonrió para sus adentros. Había pensado que Macy se pondría furiosa si llegaba a descubrir que había comprado el bloque en el que vivía, pero parecía que no se lo había tomado demasiado mal. Había esperanzas. Esperaría un poco más para que se tranquilizaran las cosas, y luego movería ficha. El siguiente paso era poner de nuevo su propuesta de matrimonio sobre la mesa. «Pero esta vez como Dios manda». Lo haría en Sydney, en el viaje que iban a hacer dentro de una semana.

Macy tragó saliva y apretó el asa de su portafolios antes de entrar en el jet privado que habían contratado para el viaje a Sydney. Por su miedo a volar cada viaje en avión que hacía era como un salto de fe, pero jamás se dejaría llevar por esa fobia. Ella era más fuerte que sus miedos.

Al ver a Ryder ya sentado, se obligó a ignorar los nervios en su estómago y avanzar hacia él.

–Buenos días –la saludó.

–Buenos días –respondió ella tensa.

Él la miró de un modo extraño. ¿Se habría dado cuenta? Era la última persona en el mundo que querría que se enterase de su miedo a volar. Bastante vulnerable se sentía ya por el hecho de que, siendo su jefe, reaccionase como reaccionaba sin poder evitarlo ante la atracción que sentía por él. No podía permitir que se enterase de aquella debilidad suya.

Se sentó a su lado y, con el corazón latiéndole como loco, bajó la vista a su regazo y se pasó las manos por las perneras del pantalón, como haciendo que estaba alisando las arrugas de la tela. Ryder se reclinó en su asiento y giró la cabeza hacia la ventanilla. Justo en ese momento se encendió el indicador de que debían abrocharse lo cinturones. Se abrió la puerta de la cabina, y el copiloto asomó la cabeza.

–Estamos listos para despegar, señor Bramson.

–Gracias, Brent –contestó Ryder.

Macy rebuscó en su mente algún tema de trabajo del que hablar, y después de aclararse la garganta, dijo lo primero que se le pasó por la cabeza:

–No sé si te he comentado algo del local que vamos a visitar, donde queremos establecer nuestra primera tienda.

Ryder escrutó su rostro en silencio, y respondió:

–No mucho. Cuéntame por qué crees que puede ajustarse mejor a nuestras necesidades que los otros locales que me dijiste que tenías en tu lista.

Aliviada de pisar al fin el terreno sólido de los negocios, Macy se relajó. Podía con aquello, se dijo, aunque fueran a estar los dos solos en Sydney. Si lograba sobrevivir a aquel viaje en avión sin perder la cabeza, podría con aquello.

***

49

Ryder miró su reloj. Pronto aterrizarían. Había tenido una charla muy fructífera con Macy sobre las potenciales directrices que podría seguir Chocolate Diva de establecerse finalmente en Australia, pero la notaba rara. No estaba seguro de qué era, pero le daba la impresión de que estaba muy tensa.

La señal que les indicaba que debían abrocharse los cinturones se encendió en ese momento, y Ryder se abrochó. A Macy no le hizo falta porque no se había desabrochado el cinturón en todo el viaje, pero Ryder la vio agarrarse a los brazos del sillón. De hecho, al alzar la vista le pareció que tenía la mandíbula apretada, y estaba mirando fijamente al frente.

–¿No te gustan los aterrizajes? –le preguntó.

Macy se encogió de hombros, pero estaba tan rígida que aquel gesto no resultó nada natural.

–No son mi parte favorita cuando vuelo.

–¿Has tenido una mala experiencia con un aterrizaje?

Ella lo miró un instante antes de volver la vista al frente. Estaban empezando a descender lentamente, y Ryder vio que los nudillos de las manos de Macy, aferradas a los brazos del asiento, se habían puesto blancos.

–No.

Ryder puso su mano sobre la de ella y, mientras se la acariciaba, de pronto cayó en la cuenta. Su madre había muerto en un accidente aéreo. Se dio un puntapié mentalmente por no haberlo pensado, por no haber atado cabos mucho antes, por no haberse dado cuenta de lo duro que podía ser aquello para ella.

Su madre había sido una actriz famosa, y todo el mundo había visto en los periódicos imágenes del avión destrozado. Se había hablado de ello durante días, se había lamentado la pérdida de aquella actriz tan prometedora, pero luego la gente la había olvidado y habían seguido con sus vidas. Para Macy había sido distinto. Su dolor era algo real, algo íntimo que no tenía nada que ver con todo el circo mediático que se había montado en torno a la muerte de su madre.

Ryder no quería inmiscuirse en algo tan personal, pero al volver a mirar a Macy, cuya tensión no había disminuido en absoluto, se dijo que tenía que hacer algo.

—Es por tu madre, ¿verdad? —le preguntó en un tono quedo.

Aún con la vista fija en el frente, Macy asintió, y de pronto pareció tensarse todavía más, como si al reconocerlo se hubiese dado permiso inconscientemente para sentir miedo.

Ryder arrancó uno a uno los dedos de ella del brazo del asiento y apretó su mano con fuerza, sintiéndose mal por aquella niñita cuya madre nunca había vuelto, y por la mujer que estaba sentada a su lado en ese momento.

Sin embargo, sabía que su lástima sólo la haría sentirse más vulnerable, y que para Macy eso era algo peor que una condena a muerte. Pensó, intentando hallar el modo de apartar su mente de la situación en la que se encontraban, de distraerla.

Miró por la ventanilla y se le ocurrió una idea.

—¿Te he hablado de cuáles serían para mí unas vacaciones ideales aquí, en Australia?

Macy lo miró, confundida, antes de volver otra vez la vista al frente.

—Supongo que no —se respondió él a sí mismo—.

51

Quizá me tome unas vacaciones cuando hayamos terminado con este proyecto –le dijo, depositando la mano de Macy, aún apretada en la suya, sobre su muslo. Le gustaba ahí–. A lo mejor te gustaría venir conmigo. Verás, mi sueño de esas vacaciones doradas empieza en un prado rodeado de montañas.

Macy lo miró de nuevo, esa vez durante unos segundos más antes de que volviera otra vez la cabeza hacia el frente.

–Nosotros estaríamos allí sentados, en la hierba, con una cesta de picnic, y no habría nadie más en kilómetros a la redonda. El suelo está alfombrado con campanillas azules, y el sol calienta, pero no demasiado –miró de reojo a Macy antes de continuar–. Y alrededor del prado hay una selva tropical y...

Macy lo interrumpió sin girar la cabeza, y una media sonrisa asomó a sus labios.

–¿Qué planeta tiene una selva tropical y un campo con campanillas azules al lado?

–Te he dicho que eran unas vacaciones ideales, Macy, deja volar un poco tu imaginación.

Los hombros de Macy se distendieron un poco.

–De acuerdo, continúa.

–Como te iba diciendo, estaríamos solos, y correríamos por el prado hasta llegar a un lago. Al alcanzar la orilla nos quitamos la ropa para quedarnos en bañador, y nos lanzamos al agua.

–¿No nos aseguramos antes de que no haya cocodrilos? –lo interrumpió ella de nuevo, girando el rostro hacia él, un poco más calmada–. Porque si estamos en el norte de Australia, donde hay mucha selva tropical, lo más probable es que haya cocodrilos.

El pecho de Ryder se henchió de satisfacción. Estaba funcionando. Se inclinó un poco hacia ella y le susurró:

–En mi lago no hay cocodrilos, y el agua nunca está fría.

–Ah, estupendo –murmuró ella, dejando de apretarle la mano.

–Nadamos hasta hartarnos –continuó Ryder. Con Macy tan cerca podía oler el aroma de su piel. Se sintió tentado de inclinarse un poco más y besarla en el cuello, pero en vez de eso inspiró y siguió hablando–. Salimos del agua, y nos tumbamos en unas toallas sobre la hierba para secarnos al sol.

El avión estaba ya en la recta final del descenso, a punto de tomar tierra, y Macy volvió a tensarse, apretándole tanto la mano que casi le cortó la circulación.

–El sitio es precioso –dijo Ryder–, pero tú estás aún más preciosa con el bañador que llevas, de color rojo –se inclinó un poco más y le susurró al oído–: Ruedas sobre el costado, girándote hacia mí, me pasas una mano por la espalda, y yo te invito a tumbarte conmigo en mi toalla.

–¿Y yo acepto la invitación? –inquirió ella, casi sin aliento.

–Sí, y te tumbas tan cerca de mí que yo apenas puedo controlar mis pensamientos. Lo único en lo que puedo pensar es en el calor de tu cuerpo.

Las ruedas del avión tocaron tierra, y el avión se bamboleó un poco antes de encontrar el equilibrio y comenzar a rodar por la pista. Macy no se apartó de él, sino que, por el contrario, pareció inclinarse hacia él.

–Yo te rodeo con mis brazos. Te deseo tanto...

De pronto, sin previo aviso, los labios de Macy apresaron los suyos, y poco después las lenguas de ambos se entrelazaban apasionadas. Ryder, que se había excitado tanto como ella con aquella historia que se había inventado, subió las manos para quitarle la pinza con la que se había recogido el cabello, liberándolo. La melena de Macy cayó sobre sus manos, y su sedoso tacto hizo que una nueva ola de calor lo sacudiera.

Saboreó sus labios, su boca, queriendo más. Estaban tan ajenos a todo que Ryder no se dio cuenta de que se habían detenido hasta que oyó el ruido de la puerta de la cabina abriéndose.

–Macy –murmuró contra los labios de ella–. Tenemos que irnos.

La bruma del deseo que enturbiaba los ojos de Macy se disipó lentamente mientras lo miraba. Se mordió el labio hinchado.

–Gracias –le dijo en un tono quedo pero sincero.

–No hay de qué.

Se desabrocharon el cinturón, tomaron sus cosas, y Ryder agarró la mano de Macy y se la apretó antes de que bajaran del avión y se dirigieran a la limusina que estaba esperándolos.

Sabía que probablemente Macy volviera a levantar nuevas barreras entre ellos ahora que había visto que era una mujer vulnerable, pero jamás lamentaría aquel beso. Había sido increíble.

Capítulo Cinco

El chófer de la limusina los dejó frente al centro comercial en el centro de la ciudad, y siguió hasta el hotel para llevar allí sus maletas. La empresa de seguridad que Ryder había contratado en Melbourne les había enviado un par de guardaespaldas con los que se habían reunido en el aeropuerto y que los habían seguido desde allí en un coche con las lunas tintadas. El coche se detuvo también y los dos hombres se bajaron, quedándose a unos metros de ellos. Los hombros de Macy se tensaron involuntariamente, pero se obligó a relajarlos. Mejor contar con medidas de seguridad que no contar con ellas, se dijo.

Plantados en la acera en medio de la gente que iba de un lado a otro, le señaló a Ryder el local vacío frente a ellos.

–Éste es el local que hemos venido a ver –le dijo.

Ryder se levantó las gafas de sol y se las puso en la cabeza antes de dar un paso adelante.

–La calle principal de Sydney, a pie de calle, amplio escaparate... Parece el sitio ideal –comentó.

Todo el frontal era de cristal, lo que permitiría a los viandantes ver bien los productos que expondrían en el escaparate, aunque en ese momento, después de que los anteriores dueños del local cerrasen, estaba cubierto con papeles de periódico y no podía verse el interior.

–¿Va a reunirse con nosotros aquí el agente de la inmobiliaria? –le preguntó Ryder.

–No, le pedí al chófer que fuera a la inmobiliaria a recoger la llave antes de ir a por nosotros al aeropuerto, así que podemos entrar y ver el local –respondió ella.

Sacó la llave de su maletín y abrió la puerta.

Ryder le dijo algo a los guardaespaldas antes de entrar después de ella, y cerró tras de sí. Los ruidos de la ciudad quedaron amortiguados de inmediato, y se encontraron a oscuras. Macy cruzó el local en la penumbra hasta llegar al mostrador, y palpó en la pared hasta encontrar los interruptores de las luces. Los accionó todos, y el local quedó bañado por la brillante luz de los fluorescentes del techo.

Al volverse vio que Ryder se había quedado junto a la entrada, con la espalda apoyada en la pared y las manos en los bolsillos, y que estaba observándola. Aun a varios metros como estaban podía sentir el calor de su mirada.

Frunció el ceño y dejó su maletín sobre el mostrador. Aquel beso en el avión había sido un error. Había dejado que el miedo controlase sus actos. Salió de detrás del mostrador y se irguió.

–Bueno, pues como te decía de camino aquí, éste es el local que más nos ha gustado de todos los que barajamos en un principio, sobre todo por su localización, pero también porque tiene justo el espacio que necesitamos, y cuenta con un buen acceso para la descarga regular de mercancías.

Ryder se apartó de la pared y avanzó por el local, mirando a su alrededor.

–Parece un buen sitio. ¿Qué tal es el precio, comparado con el de otros locales de características similares?

–Es más caro que otros de los que barajamos, pero teniendo en cuenta ciertas ventajas, es razonable.

Ryder continuó paseándose por el local, observándolo y analizándolo todo.

–Creo que este local que has encontrado es perfecto. De hecho, creo que estás haciendo un trabajo estupendo en general con todo el proyecto, y me gustaría que te replantearas el dejar la empresa cuando acabe.

Y el dejarlo a él, añadió para sus adentros.

Macy esbozó una sonrisa y se sentó sobre el mostrador.

–Sabes por qué quiero dejarlo, y también que no tiene nada que ver con el trabajo en sí.

Ryder fue junto a ella y apoyó la cadera en el borde del mostrador.

–Sí, pero tomaste esa decisión en un momento de enfado y...

Macy abrió la boca pero él alzó una mano.

–... y te enfadaste con razón. Sé que hay cosas que debería haberte dicho, y lamento no haberlo hecho, pero creo que ya hemos superado eso y me parece que podríamos tener una buena relación laboral si aceptas ponerte al timón de la filial australiana de la compañía.

Macy sonrió divertida, mirándose los zapatos.

–¿Sabes?, hace un mes habría aceptado esa oferta con los ojos cerrados. Llevo mucho tiempo trabajando por un puesto de esa responsabilidad.

Ryder se cruzó de brazos.

–¿Por qué precisamente ese puesto?

Macy giró la cabeza hacia él. Sus ojos brillaron, como si aquella situación le hiciese gracia.

–¿No deberías ser tú quien estuviese exaltando las ventajas de ese puesto, intentando convencerme para que lo acepte?

–Siento curiosidad –le dijo Ryder–. Con tus conocimientos y tu experiencia podrías acceder a muchos otros puestos de trabajo. ¿Por qué es ése el que querías?

Macy se quedó muy quieta.

–¿La verdad?

Parecía más tranquila, como si aquel local con el escaparate cubierto por papeles de periódico se hubiese convertido para ella de repente en un refugio alejado del mundo real. Le gustaba estar allí con ella. Ryder tragó saliva.

–Sí.

–Quería ser la directora de la filial para que, si la compañía florecía o se iba a pique, pudiese atribuirse ese éxito o ese fracaso a mí y a mi equipo. Preferiría ser la directora de una compañía de tamaño mediano que un puesto menos importante en una compañía grande. Quiero ser la directora general de una empresa que tenga un volumen anual de ventas similar al que prevemos para la filial australiana de Chocolate Diva.

–Ése es un objetivo muy específico.

Macy volvió a sonreír, admitiendo que tenía razón en el comentario que había hecho.

–Sí, supongo que sí.

–¿Y cuánto hace que tienes ese objetivo?

Macy inspiró despacio, muy despacio.

–Ocho años.

–¿Y por qué una compañía de ese tamaño?

Ella encogió un hombro.

–Porque es el tamaño adecuado para poder ponerme a prueba a mí misma.

–Eso suena razonable –concedió él apartándose del mostrador para colocarse frente a ella–, pero algo me dice que ése no es el verdadero motivo.

Macy frunció el ceño.

–No hay ningún otro motivo.

Él apoyó una mano a cada lado de ella sobre el mostrador, atrapándola entre sus brazos, y se inclinó hasta que sus labios quedaron a unos centímetros de los de ella.

–Pues tus ojos me dicen que hay algo más –murmuró–. ¿Por qué quieres una compañía de ese tamaño, Macy?

Ella se quedó callada, pero Ryder esperó.

–Porque es el tamaño de la compañía de mi padre –respondió ella finalmente, de sopetón.

Ésa era la verdadera razón; Ryder lo supo en cuando cruzó sus labios. Tomó un mechón que se había escapado del recogido que Macy se había vuelto a hacer al bajar del avión, y jugueteó con él, enredándolo en su dedo.

–¿Quieres superarlo?, ¿demostrarle que eres mejor que él?

Las pupilas de Macy se dilataron y bajó la vista a sus labios.

–No –susurró.

–Puedes contármelo.

Macy se humedeció los labios y cerró los ojos un instante. Cuando volvió a abrirlos había una mirada desnuda, vulnerable en ellos. Iba a abrirse a él.

–Quiero demostrarle a él, y también a mí misma, que yo debería haber sido su heredera. Quería un hijo, pero no lo tuvo, y ahora te hace chantaje a ti para que te cases conmigo sólo para que la compañía siga en manos de la familia. Nunca se le ha pasado por la cabeza dejarme a mí las riendas.

Ryder soltó una palabrota y sacudió la cabeza ante la estupidez de Ian Ashley. Había dado por hecho que no quería dejarle a Macy la compañía porque ella se había distanciado de la familia, y no al revés. Tomó sus manos y entrelazó sus dedos con los de ella.

–Eso no es nada justo.

–¿Me comprendes ahora? –inquirió ella, mirándolo con aquellos grandes ojos castaños.

Él le apretó las manos.

–Sí, lo comprendo. Si me hubiera ocurrido a mí, estaría aún más enfadado que tú.

Los ojos de Macy se llenaron de lágrimas, pero parpadeó para contenerlas y soltó sus manos de las de él. Cuando volvió a mirarlo a los ojos, cualquier rastro de vulnerabilidad había desaparecido de ellos. Sonrió.

–Gracias.

Ryder dio un paso atrás, dejándole espacio. Sin embargo, sentía que no podía dejar así las cosas, que tenía que arreglar aquello, hacerlo por ella.

–Cásate conmigo –le dijo–. Cuando haya comprado la compañía de tu padre, te nombraré directora general, y podrás demostrarle a todo el mundo, incluido él, que vales para ese puesto.

Macy frunció el ceño, como si su oferta la hubiera sorprendido, pero luego sacudió la cabeza.

–Eso es muy tierno por tu parte, pero ya no quiero su compañía. No después de que me la negara.

–Entiendo –Ryder se metió las manos en los bolsillos y trató de pensar en otra solución–. ¿Y qué te parecería esto? Podrías casarte conmigo y yo te pondría al frente de una compañía el doble de grande que Ashley Internacional.

Macy sonrió, pero volvió a sacudir la cabeza.

–¿Por qué no? Podrías conseguir el objetivo que llevas persiguiendo tanto tiempo con sólo casarte conmigo –insistió él enarcando una ceja.

Macy cruzó los tobillos.

–Pero no me lo habría ganado. ¿Qué valor tendría eso?

Ahí estaba de nuevo su integridad, una cualidad que la hacía aún más atractiva. Ryder estaba empezando a pensar que querría casarse con ella aunque no necesitara la empresa de su padre.

Pero la necesitaba; sin ella no conseguiría las acciones del Grupo Bramson que tenía el padre de Macy.

Después de abandonar el local, apenas llevaban cinco minutos en la limusina cuando Macy sintió que se paraban. Miró por la ventanilla y vio la Casa de la Ópera de Sydney con su peculiar estructura con tejados semiesféricos blancos superpuestos que semejaban conchas.

–Por aquí no es; el hotel está en la dirección contraria –dijo.

Ryder, sin embargo, le dio las gracias al chófer y abrió su puerta antes de girar la cabeza por encima del hombro para decirle a Macy:

–Luego iremos al hotel; antes quiero hacer algo.

Se bajó del vehículo y le tendió una mano a Macy para ayudarla a salir, pero ella lo miró contrariada.

–¿Dónde vamos? Esto no estaba en la agenda.

–Digamos que es un desvío que quería hacer en nuestra ruta por motivos personales –contestó él.

A Macy no le gustaba desviarse de los planes prefijados; para ella eran muy importantes el orden y la organización. Era lo que hacía que los negocios, el mundo y hasta su vida fueran bien.

Sin embargo, aquél era el negocio de Ryder, y por tanto era asunto suyo lo que hiciera con su tiempo, así que tomó su mano y se bajó de la limusina.

Además, había algo que la intrigaba.

–¿Qué has querido decir con «motivos personales»?

Él se sacó las gafas de sol del bolsillo de la chaqueta y se las puso.

–Nunca había estado en Sydney. La vez anterior que vine a Australia estuve en Melbourne y hay algo que me gustaría aprovechar para ver ya que estamos aquí.

Macy se cruzó de brazos y se quedó mirándolo. Allí había algo que no encajaba: ¡«la Máquina» sacando tiempo para hacer turismo! Estaba segura de que los miembros del equipo que había traído de Estados Unidos jamás la creerían si se lo contase.

Sacó de su bolso sus gafas de sol ella también, y se las puso, igual que él.

62

–Nunca te habría imaginado haciendo turismo.

Él enarcó una ceja.

–¿Por qué?, ¿es que te has olvidado de la descripción que te hice en el avión de mis vacaciones ideales?

Macy se sintió enrojecer, y apartó la vista hacia la Casa de la Ópera para ocultar su azoramiento.

–Ryder, yo...

–Antes de que digas nada –la interrumpió él–, quiero mostrarte lo que tengo en mente.

Le pasó un brazo por la cintura, y señaló un yate de casi diez metros que esperaba en el puerto.

Era precioso: elegante, blanco y de diseño aerodinámico. Sin embargo, si subía a él, volvería a estar atrapada a solas con Ryder. Otra vez. A la merced de su incapacidad para resistirse a él.

Dio un paso atrás, pequeño pero simbólico.

–No sé si tenemos tiempo para irnos a navegar –le dijo–. Me he traído un montón de trabajo.

Ryder se metió las manos en los bolsillos del pantalón, y replicó:

–Pero tendrás que comer, ¿no? He pedido que nos preparen un almuerzo para tomarlo a bordo. Puedes imaginarte que estás en tu descanso del almuerzo.

Macy miró el reluciente yate. Nunca había estado en el puerto de Sydney. Siempre que había ido allí había sido por viajes relámpago de negocios, pero cada vez que había ido se había prometido que un día iría a explorar la ciudad y sus alrededores. Quizá aquél fuera el día.

¿Podía hacerlo? Ignorar el trabajo durante una o dos horas, y divertirse un poco en compañía de su jefe sin que aquello condujera a nada más?

63

Mientras subían al yate se preguntó si sería verdad que Ryder había organizado aquello porque quería hacer un poco de turismo, o si lo habría hecho para conseguir que estuvieran a solas en un escenario romántico.

Ryder la dejó un momento para hablar con el capitán, y Macy se apoyó en la barandilla de la cubierta, observándolo confundida. Aquello no tenía sentido.

–¿Vas a contarme qué has planeado? –le preguntó cuando volvió con ella.

El yate se puso en marcha y comenzaron a alejarse del puerto.

–Siempre había oído decir que el puerto de Sydney era espectacular. Algunos dicen incluso que es el más hermoso del mundo –respondió él en un tono sincero–. Lo había visto por televisión, cuando retransmiten la regata entre Sydney y Hobart, pero quería verlo con mis propios ojos.

Con la brisa agitándose a su alrededor, Macy giró la cabeza para mirarlo.

–¿Ves las retransmisiones de las regatas?

Ryder sonrió mientras se quitaba la chaqueta.

–Aprendí a navegar de niño, y siempre que puedo las veo. La Copa de América, la Copa del Almirante, la regata Sydney-Hobart...

Macy remetió tras la oreja un mechón que había escapado de su recogido. De pronto se lo imaginó en un velero, comandando a la tripulación hacia la victoria como hacía con sus negocios. Aun así, dudaba que se tomase muchos días libres para salir a navegar. Se sintió halagada de que hubiera querido compartir con ella aquello.

–Entonces es verdad que me has traído aquí sólo porque querías ver el puerto y dar un paseo en yate.

Ryder esbozó una media sonrisa.

–Bueno, también pensé que a lo mejor te dabas cuenta de que no soy tan malo si pasabas conmigo una o dos horas haciendo algo que no tenga nada que ver con el trabajo.

Macy vaciló. Tal vez estuviera siendo una ingenua.

–Yo... No creo que...

–Sólo vamos a almorzar y a disfrutar del paseo y del paisaje.

Macy escrutó su rostro.

–¿Nada más?

La brisa agitaba el corto cabello de Ryder y su camisa. A pesar de que por las gafas de sol no podía verle los ojos, Macy estaba segura de que su mirada no era en absoluto inocente.

–A menos que tú me lo pidas.

–No lo haré –respondió ella categórica. No sería justo por su parte darle señales contradictorias.

Ryder se encogió de hombros.

–Pues entonces no habrá nada más –dijo, y giró la cabeza para mirar el paisaje.

Permanecieron unos minutos en silencio hasta que Ryder le señaló la isla Clark, que reconocía por haberla visto en la televisión. Macy se olvidó por un momento de los motivos ocultos que pudiera o no tener Ryder para haberla llevado allí, y contempló absorta la belleza del paisaje de su país de acogida.

En ese momento apareció una azafata del yate con una bandeja en la que llevaba una copa de champán para cada uno, y los condujo a la parte superior de la cubierta donde, bajo un toldo, había una mesa con asientos en la que se había dispuesto el almuerzo, compuesto por un surtido de frutas tropicales peladas y cortadas, y una bandeja con crackers y quesos de untar.

Macy tomó asiento y se le hizo la boca agua. Hasta ese momento no se había dado cuenta del hambre que tenía. Se sirvió en su plato un par de rodajas de carambola, y tres de distintos tipos de melón.

–Dime, ¿habías estado antes aquí, en esta zona de Sydney? –le preguntó Ryder.

Macy alzó la vista al mar azul.

–No. Nunca he pasado más de un par de días en Sydney cuando he venido, y siempre ha sido por trabajo.

Mientras untaba varias crackers con los distintos tipos de queso y las ponía en su plato, Ryder le preguntó:

–¿Siempre has trabajado en Melbourne?

Le tendió el plato, y Macy tomó un par de crackers y le dio las gracias.

–Cuando me vine a Australia fue para estudiar Ciencias Empresariales en Melbourne, y cuando me licencié empecé a trabajar con un proyecto de seis meses en Brisbane.

–¿Eso está en el norte?

Macy asintió.

–Es la capital de Queensland.

Había sido un sitio estupendo para empezar su carrera, una ciudad lo bastante grande como para albergar la sede de grandes empresas, pero lo bastante pequeña como para dejar su huella. Había vivido en un apartamento en el centro de la ciudad con vistas

66

a los jardines botánicos, cerca de buenos sitios para comer y de su trabajo.

–He oído que hay unas playas estupendas en el norte –comentó Ryder.

–Sí, yo también.

Muchos de sus compañeros de trabajo habían ido allí en sus vacaciones. Le dio un mordisco a un cracker que había untado con cremoso queso brie, y luego se tomó una uva roja.

Ryder la miró por encima del borde de su copa de champán.

–¿No las vistes nunca?

–Acababa de salir de la universidad y de empezar a trabajar –respondió ella encogiendo un hombro–. No podía perder el tiempo.

–Bueno, por eso se inventaron los fines de semana.

–Cierto –asintió ella, antes de meterse un trozo de pitaya.

Siempre había pensado que los fines de semana eran perfectos para avanzar trabajo cuando uno estaba tranquilo y a gusto en casa.

Ryder se quedó observándola con los ojos entornados.

–O sea, que no te tomabas libres los fines de semana –concluyó.

–No –admitió ella, esbozando una sonrisa vergonzosa.

No sabía cómo lo hacía, pero Ryder era capaz de leer en ella como en un libro abierto.

–¿Y en qué otras partes de Australia has estado?

–Pues he ido a Perth unas pocas veces, también por trabajo.

67

–Déjame adivinar –la picó él con una sonrisa malévola–: te pasaste todo el tiempo metida en una sala de reuniones.

–También vi un par de puestas de sol –protestó ella–. Perth está en la costa oeste, y las puestas de sol son espectaculares; las más bonitas que he visto.

Macy se tomó también un kiwi, pero luego apartó el plato y se secó los dedos con la servilleta.

–¿Ya no quieres comer más? –inquirió Ryder.

–Me parece que he comido más de la cuenta, pero era todo demasiado tentador.

–Pues entonces bajemos a la cubierta de abajo –propuso él poniéndose de pie.

Macy se levantó también.

–Te gusta estar cerca del agua, ¿eh?

Ryder sonrió.

Momentos después volvían a estar apoyados en la barandilla, con el viento despeinándolos y el olor del mar llenándoles los pulmones.

–¿Has estado en Tasmania? –le preguntó Ryder, volviéndose hacia ella.

Ella negó con la cabeza.

–A mí me gustaría ir algún día –contestó él, alzando la vista par seguir el vuelo de una gaviota.

Tasmania tenía hermosas selvas tropicales e impresionantes montañas, pero Macy creía saber dónde residía el atractivo de aquel lugar para él.

–En la época del año en la que se celebra la regata Sydney-Hobart, imagino.

–Sí. Debe de ser impresionante, todos esos veleros subiendo por la bahía de la Tormenta... –dijo con una voz soñadora, mientras miraba los veleros del puerto.

Aunque sus empleados lo llamasen «la Máquina», pensó Macy, tenía la impresión de que en el fondo Ryder no quería ser un adicto al trabajo. Era evidente que le gustaría tomarse la vida con un poco más de calma y disfrutar de ella.

–Deberías hacerlo –le dijo en un tono quedo–: tomarte unos días libres e ir a ver esa regata.

Él giró la cabeza hacia ella y enarcó las cejas.

–¿Le dijo la sartén al cazo?

Macy se rió y apoyó los codos en la barandilla, abandonándose a la brisa y al ruido de las olas chocando rítmicamente contra el casco del yate.

El tiempo se le había pasado tan deprisa, que se sorprendió cuando unos minutos después se encontraban ya de vuelta en el embarcadero cerca de la Casa de la Ópera. Le dio un poco de pena que se hubiera acabado el paseo.

Miró a Ryder, que estaba observando el ir y venir de la gente por el puerto.

–Gracias –le dijo–, ha sido un almuerzo memorable.

Ryder se puso las gafas en la cabeza y apoyó los codos en la barandilla, detrás de él.

–Espero que haya sido memorable por algo más que el paisaje.

Macy lo miró. Era más guapo que cualquiera de los modelos que salían en las revistas, pero su comentario se merecía la respuesta que se merecía:

–¿Está buscando un cumplido, señor Bramson?

Él se echó a reír.

–No, sólo estaba preguntándome si mi plan de conseguir que aceptes mi proposición avanza o no.

El capitán apareció en ese momento para decirles

que podían desembarcar. Ryder le dio las gracias y ofreció su mano a Macy mientras descendían del yate. Cuando estuvieron en tierra firme, le soltó la mano, y se dirigieron a la limusina que estaba esperándolos.

–¿Sabes? –le dijo Macy divertida mientras caminaban–. Creo que en vez de discutir ese plan tuyo, que no tiene nada de secreto, de utilizarme para comprar la compañía de mi padre, deberíamos ir al hotel para que pueda ponerme con el trabajo por el que me pagas.

–Bueno, supongo que me conformaré con eso... por ahora.

Habían llegado a la limusina. Le abrió la puerta y Macy entró. Mientras esperaba a que él diera la vuelta al vehículo para subirse también, se dijo que ese «por ahora» era el problema. No se había dado por vencido.

Capítulo Seis

Ryder salió de la ducha y se lió una toalla a la cintura mientras se contoneaba con el sonido de fondo de una emisora de blues que había encontrado en el hilo musical del hotel. Le había dicho a Macy que estuviera lista a las seis porque iba a llevarla fuera a cenar, pero la verdad era que había organizado una velada mucho más elaborada que incluía asistir a un espectáculo en la Casa de la Ópera, cena en el restaurante más exclusivo de la ciudad, y luego un paseo a la luz de la luna por el puerto, durante el cual volvería a proponerle matrimonio.

Mientras se ponía unos bóxers y unos pantalones negros, oyó el secador que estaba utilizando Macy en la otra habitación de la suite presidencial que habían reservado. Se quedó allí parado, y el solo pensamiento de que Macy estaba al otro lado de la pared, tal vez tapada únicamente con un albornoz, lo excitó.

En ese momento oyó sonar su móvil, y estuvo un rato mirando a su alrededor hasta que recordó que lo había dejado sobre la mesita de la sala de estar. Descalzo, se dirigió sin pararse a ponerse la camisa. Probablemente Macy aún seguía en su baño. Abrió el móvil y contestó.

–¿Diga?

–Buenas tardes, señor Bramson –respondió una voz de mujer al otro lado de la línea–. Soy Pia Baxter.

Era la albacea testamentaria de su padre. Ryder lanzó una mirada a la pared. Ya no se oía el secador. Se preguntó si Macy se habría quitado el albornoz y si su piel aún estaría húmeda por la ducha que se había dado.

–Me temo que tengo malas noticias, señor Bramson.

De inmediato la atención de Ryder se concentró al cien por cien en aquella llamada, y se giró hacia el ventanal, que se asomaba al puerto de Sydney.

–Continúe.

De pronto se dio cuenta de que era una hora un poco rara para que lo llamase alguien que estaba en Estados Unidos. En Nueva York era muy temprano. Se puso tenso.

–Su medio hermano, Jesse Kentrell, ha sufrido un accidente de coche.

Ryder exhaló un pesado suspiro. Por lo que sabía de ese niño mimado aquél no era el primer accidente que tenía; le gustaba demasiado la velocidad. Sin embargo, debía de ser grave para que la señora Baxter lo llamase a esas horas.

–¿Es grave?

–Falleció en el acto.

Por un horrible instante Ryder notó como si algo oscuro lo desgarrara por dentro, pero apartó ese sentimiento de sí antes de que pudiera afectarle. Dejarse llevar por esa clase de emociones no conducía a nada ni servía de nada; sólo nublaban el juicio.

Oyó abrirse la puerta de Macy, pero no se volvió.

–¿Chocó con otro coche o...?

–No, no hubo ningún otro vehículo implicado en el siniestro.

72

–¿Iba alguien con él?, ¿Seth? –inquirió, refiriéndose a su otro medio hermano.

–No, su hermano no viajaba con él –respondió la señora Baxter–, pero sí una joven, April Fairchild. La llevaron al hospital y está inconsciente. Jesse iba al volante.

Ryder aspiró bruscamente. Jesse había salido con celebridades de poca monta en el pasado, pero April Fairchild era una cantante de jazz muy famosa. De pronto fue consciente de la magnitud de la situación.

–¿Cuál es su estado? –inquirió. Vio a Macy acercársele y quedarse de pie a unos pasos de él.

–No se sabe nada –respondió la señora Baxter–. De momento no se ha hecho público ni que ha sufrido un accidente, ni tampoco su estado.

–Claro, lo comprendo. Gracias por llamar para informarme.

–La secretaria de Seth Kentrell me pidió que lo llamase. Aunque no tienen una relación estrecha, el señor Kentrell opina que, puesto que Jesse también era familiar suyo, tenía usted derecho a enterarse antes de que su muerte salte a los medios.

A Ryder se le hizo un nudo en la garganta. Tragó saliva.

–Gracias; se lo agradezco.

Colgó el teléfono y, tratando de no dejar traslucir en su rostro la reacción que le había causado aquella noticia, se volvió.

Macy estaba allí de pie, con un vestido de satén de color bronce con unas mangas muy cortas que cubrían poco más que los hombros, descalza, sin maquillar, y con el pelo recogido. Estaba preciosa, pero había una mirada de preocupación en sus ojos, y de inmediato le tendió su mano.

Ryder la tomó y entrelazó sus dedos con los de ella. Se aclaró la garganta.

—Jesse, mi medio hermano, ha muerto en un accidente.

—Oh, Ryder... —murmuró Macy dando un paso hacia él.

Ryder bajó la vista y se quedó mirando las manos entrelazadas de ambos durante un buen rato. Sacudió la cabeza.

—Sólo coincidí con él en un par de ocasiones; apenas lo conocía.

Y ya no llegaría a conocerlo nunca. De pronto se sintió como si se le hubiera hecho un agujero en el estómago.

—Ven, vamos a sentarnos —le dijo Macy tirando de su mano.

Lo condujo hasta el sofá, y tomaron asiento el uno al lado del otro, sin que ella le soltara la mano.

—¿Vas a volver a América para asistir al funeral?

¿El funeral? No había pensado en eso.

—No lo sé. La primera vez que vi a Seth, a Jesse y a su madre juntos fue en el funeral de mi padre, hace dos meses, y ni siquiera los saludé.

Sabía que el sentimiento de antipatía era mutuo, y precisamente por eso le sorprendía que Seth le hubiese pedido a su secretaria que se pusieran en contacto con él para informarle de la muerte de Jesse.

Macy le apretó la mano.

—A pesar de las diferencias que tengáis, es tu hermano, y tienes derecho a ir a su funeral si quieres.

74

–Mi hermano... –repitió él quedamente.

Aquella palabra sonaba extraña en sus labios. Nunca lo había llamado así; ni a él, ni a Seth.

–Yo tenía trece años cuando mi madre murió –le dijo Macy en un tono amable, pero teñido de un dolor que aún no había cicatrizado–, y creí que moriría de tristeza. Me sentía tan mal...

Ryder la tomó de la otra mano, deseando que hubiera algún modo de poder confortarla.

–No puedo ni imaginar lo difícil que debió de ser para ti.

De pronto el pensamiento que había tenido hacía un momento volvió a golpearlo, aún con más fuerza: aunque quisiera arreglar las cosas con Jesse, ya era tarde. Nunca podría establecer una relación de hermano con él. El pulso se le aceleró, el pecho se le puso tirante. Nunca...

–¿Ryder?

La mano de Macy se posó en su brazo con suavidad.

Con la mirada enturbiada por las lágrimas, Ryder tomó su mano y la llevó a su corazón dolorido, como si Macy pudiera calmar el torbellino de emociones que se agitaban en su interior. Siempre había pensado en Jesse como un problema, un obstáculo, uno de los hijos que le habían arrebatado el amor de su padre y roto su familia. Sin embargo, en algún rincón oscuro de su mente, aunque no quisiera admitirlo, una parte de él siempre había pensado que tal vez un día pudieran superar eso y... Bueno, tal vez no convertirse en los mejores amigos del mundo, pero al menos sí verse como hermanos el uno al otro. Quizá incluso podrían haber

75

llegado a quedar una vez al año para tomar una copa y charlar o... O algo.

De nuevo volvió a notar aquel agujero en el estómago, a sentirse paralizado. Luchó contra ello, dispuesto a no ceder a aquellas oscuras emociones que trataban de anegar su corazón, y resurgió victorioso, pero sintiendo que necesitaba desesperadamente algo con lo que llenar ese vacío.

Fue entonces cuando se dio cuenta de que Macy lo había rodeado con sus brazos, y la apretó contra sí, agradecido por su calor, por su consuelo.

Mientras Macy le acariciaba la espalda, cerró los ojos. La levantó del asiento para colocarla sobre su regazo, deleitándose con tenerla tan cerca de sí. Había necesitado aquello desde su primer beso, pero el beso de aquella mañana en el avión había multiplicado esa ansia.

La abrazó con fuerza y permanecieron así durante lo que pareció una eternidad, hasta que poco a poco Jesse fue desvaneciéndose de los pensamientos de Ryder. Ya sólo podía pensar en Macy. La deseaba tanto... Quería quitarle las horquillas y rugir de satisfacción al ver su precioso pelo caer.

Inclinó la cabeza hacia su cuello e inspiró el perfume floral de su champú, el aroma de su piel.

–Eres tan bonita... –susurró contra su cabello.

Macy se echó hacia atrás, como si no estuviese segura de qué estaba ocurriendo entre ellos, de que aquello estuviera bien. Él sí estaba seguro. Le levantó la cara a Macy con un nudillo, y apretó sus labios contra los de ella. Al principio Macy no le respondió, pero él insistió, con suavidad, recordando la pasión

76

que ella había demostrado en el avión. Podía negarlo todo lo que quisiera, pero sabía que se sentía tan atraída por él como él por ella.

Mientras le acariciaba las mejillas con los pulgares, succionó con sus labios el labio inferior de Macy, lo mordisqueó suavemente, y recorrió su labio superior con la punta de la lengua. Macy se derritió contra su cuerpo, y un gemido escapó de su garganta.

Una ráfaga de calor brotó en el pecho de Ryder cuando las manos de Macy tocaron vacilantes su torso desnudo, descendiendo por él antes de subir a sus hombros. Sus caricias eran lo que la llama a la yesca. Había fantaseado con aquello, pero la realidad superaba con creces a su imaginación.

Macy se movió, queriendo explorar más, y la presión en la entrepierna hizo a Ryder jadear. Bajó las manos por la espalda de ella, palpando hasta que encontró la cremallera del vestido, y tiró de ella. Las manguitas se aflojaron y una de ellas cayó, dejando al descubierto uno de los hombros de Macy. Sin poder contenerse, se inclinó y depositó un beso sobre su piel.

El olor a jazmín del gel de ducha que había usado era increíblemente erótico, y besó de nuevo su hombro, un poco más arriba. Luego otro poco más arriba. Quería besar cada centímetro de su piel. Beso a beso llegó hasta la garganta de Macy, sintiendo cómo todo su cuerpo vibraba de deseo por ella.

Sus labios volvieron a encontrarse, y cuando sus lenguas se tocaron casi perdió el control. Metió las manos por debajo de las rodillas de ella, preparándose para llevarla a su cama, donde podría explorar sin prisas todo su cuerpo.

Sin embargo, Macy puso las manos en sus hombros y se echó hacia atrás. Su pecho subía y bajaba agitado.

—Ryder, no sé si debemos hacer esto... Estás alterado por esa llamada que has recibido y... –puso la palma de su mano contra la mejilla de él–. Creo que éste no es el mejor momento para ninguno de los dos.

Ryder inspiró al tiempo que trataba de pensar. Macy tenía el ceño ligeramente fruncido, pero sus pupilas estaban dilatadas, y su piel sonrosada. Era evidente que lo deseaba. Tenía que hallar el modo de hacerle entender que no pretendía utilizarla para no pensar en Jesse. Nada más lejos de la verdad.

—Macy, te necesito... –le dijo con la voz ronca–. Te deseo desde el día en que nos conocimos –le besó el lóbulo de la oreja y le susurró–: Dime que tú también me necesitas... Por favor... –murmuró besándola en el cuello.

Ella ladeó la cabeza para que pudiera besarla mejor y suspiró.

—Te deseo más de lo que he deseado nunca a nadie –dijo–. Jamás pensé que se pudiera desear a alguien de este modo.

—Pues entonces olvídate de todo. Olvídate de Ashley Internacional y de Chocolate Diva. Olvídate de tu padre, y de mi hermano. Esto es sólo entre tú y yo.

Se puso de pie, bajándola al suelo y le tendió la mano.

—Ven conmigo.

No quería que su primera vez con Macy fuera en un sofá. Sería en una cama, donde tendría espacio

78

para saborear cada centímetro de su piel como quería. Donde podrían despertar juntos a la mañana siguiente.

La miró a los ojos.

–Ven conmigo, Macy.

Ella inspiró temblorosa, y sus labios carnosos se entreabrieron, como si fuera a decir algo. Luego sonrió, casi con timidez, y tomó la mano que él le tendía.

Ryder la atrajo hacia él y cruzaron la amplia sala de estar en dirección a su habitación. Macy sintió mariposas en el estómago de los nervios. Nunca había experimentado aquella mezcla de excitación e impaciencia, ni siquiera en Nochebuena de niña, sabiendo que a la mañana siguiente se encontraría con montones de regalos bajo el árbol. La sola idea de «desenvolver» a Ryder era mejor que cualquier regalo que pudiera imaginar.

Cuando llegaron a la puerta, Ryder la empujó contra el marco.

–No puedo esperar más. La cama está demasiado lejos –murmuró.

Sus labios descendieron sobre los de ella, y Macy se agarró a sus hombros sintiéndose como si se estuviera derritiendo. Ryder se había dejado puesto el hilo musical, y una sensual melodía de blues sonaba de fondo.

Ryder despegó sus labios de los de ella para mirarla con unos ojos casi negros de deseo.

–Quiero saborear cada segundo.

La alzó en volandas y cruzó el umbral de la puer-

79

ta. Macy nunca se habría imaginado a un hombre llevándola en brazos a la cama, pero aquello resultaba tan masculino que las mariposas le revolotearon en el estómago y se aferró a sus hombros, disfrutando de la experiencia.

Ryder la depositó con cuidado sobre la enorme cama cubierta con una colcha de color burdeos. El tacto de la colcha era fresco y sensual, y Macy frotó las palmas de las manos contra ella por el simple placer de tocarla.

Ryder se irguió, y a Macy se le cortó el aliento al ver los músculos de su torso y sus brazos. Cuando se acercó para unirse a ella, levantó una mano para detenerlo.

–Espera. Hace un momento has dicho que querías saborear cada segundo de esto, y yo también –le dijo. Inspiró temblorosa, y le dijo–: Quítate los pantalones.

Una expresión de sorpresa cruzó por los ojos de él, pero Macy tragó saliva y asintió.

–Quiero verte. Cuando estés tumbado aquí conmigo no podré verte como ahora.

Ryder se bajó la cremallera de los pantalones muy lentamente. Luego los deslizó por sus fuertes y bronceados muslos hasta que cayeron al suelo, y sacó los pies de las perneras.

Mientras lo observaba impaciente, Macy no estaba segura de que pedirle que se desnudara antes de unirse a ella hubiese sido una buena idea. En los segundos que llevaban sin tocarse su cuerpo se había puesto tembloroso.

Ryder, vestido ya sólo con unos bóxers negros, se puso las manos en las caderas.

–¿Puedo subirme ya a la cama contigo? –su voz, profunda y acariciadora, hizo que a Macy le llevara un rato contestar.

–Cuando acabes –acertó a decir a duras penas, pues se le había puesto la garganta seca.

Ryder enarcó una ceja, y le sostuvo la mirada mientras se bajaba los bóxers. Macy no apartó sus ojos de los de él, hasta que ya no pudo más y bajó la vista a su pecho, y luego más allá. La luz jugaba con los contornos bien definidos de sus músculos. Era un físico que la dejaba a una sin aliento. La palabra «deseo» no se ajustaba a lo que sentía en ese momento. Si Ryder no la hacía suya pronto, explotaría. Le tendió una mano y Ryder fue con ella. Se subió de rodillas al colchón y se colocó sobre ella sin tocarla.

–Tu turno.

–No puedo quitarme la ropa contigo ahí.

Necesitaría más espacio para sacarse aquel vestido ajustado.

–Inténtalo.

Macy sonrió y se arqueó, alcanzando con las manos por detrás de su espalda para bajarse la cremallera del todo, y sacó un brazo de una manga. Al hacerlo rozó accidentalmente a Ryder, y éste se inclinó para besarla en la boca.

Olvidándose de la otra manga, Macy lo atrajo hacia sí y respondió a su beso con una pasión que hasta ese momento no había sabido que poseía.

Las caderas de Ryder se apretaron contra las suyas, y Macy gimió.

–Ryder, no sé cuánto tiempo más podré esperar...

–Pues me temo que tendrás que aguantar, porque

81

pretendo que esto dure toda la noche –respondió él. Se irguió y apoyó las rodillas sobre el colchón, una a cada lado de sus muslos–. Lo primero es acabar de quitarte ese vestido.

Macy se incorporó y liberó el otro brazo, para luego sacarse el vestido por la cabeza antes de que Ryder se deshiciera también de su sujetador y sus braguitas. Cuando sus dedos le acariciaron el estómago, trazando círculos suavemente sobre él, se estremeció.

–Eres preciosa –repitió Ryder una vez más. Había fuego en sus ojos.

Macy, desesperada, alzó los brazos hacia él y lo atrajo de nuevo hacia sí.

–No puedo dejar de pensar en ti ni un momento –murmuró Ryder.

No era verdad; pensaba en casarse con ella para conseguir sus propósitos, se dijo Macy con cierta amargura, pero ignoró ese pensamiento y alzó el rostro hacia él.

–Bésame, Ryder.

–Será un placer.

Ryder ladeó la cabeza y deslizó la lengua dentro de su boca. Macy la atrapó entre sus labios y succionó, suavemente al principio, pero luego, cuando él apretó sus caderas contra las de ella, succionó con más fuerza hasta hacerlo gemir.

Ryder despegó su boca de la de Macy y descendió por su cuello hasta su pecho con un reguero de besos húmedos. Mordisqueó ligeramente el pezón de uno de sus senos, y luego lo tomó entre sus labios y aspiró. El cuerpo de Macy se contrajo, sus músculos se tensaron al límite. Apenas podía pensar.

82

Sus manos encontraron las nalgas de Ryder, y sus uñas arañaron su perfecta redondez.

–Ryder... Ahora, por favor...

Él descendió deslizándose por su cuerpo. Sus manos tomaron posesión de sus caderas, y hundió la lengua en ella. Macy jadeó. Luego bajó la vista a su cuerpo, y sus ojos se encontraron con los de Ryder, que volvió a hundir su lengua en ella, aunque esa vez para lamerla una y otra vez hasta que Macy gritó su nombre y se desplomó sobre la colcha.

Ryder ascendió de nuevo por su cuerpo, frotándose contra ella. Su respiración se había tornado casi tan jadeante como la de ella.

–Dios, me vuelves loco –le susurró.

Macy, aunque había cerrado los ojos, deslizó una mano entre los cuerpos de ambos hasta encontrar lo que buscaba, y lo asió con firmeza. Lo notaba caliente y sólido contra su palma, y cuando comenzó a mover los dedos, fue Ryder quien jadeó:

–Macy, necesito estar dentro de ti...

Ella abrió los ojos al instante, completamente alerta.

–Es lo mismo que yo quiero –murmuró frotándolo otra vez con las yemas de sus dedos.

–Pues entonces será mejor que pares. Estoy al límite desde esta mañana en el avión.

Macy lo soltó a regañadientes, estremeciéndose por dentro de deseo.

–Habría querido aguantar mucho más, pero no creo que pueda –se disculpó Ryder–. Ya me está costando aguantar un solo segundo más...

Macy lo besó en el pecho perlado en sudor.

–No hace falta; es el momento perfecto.

Los músculos de sus pectorales se contrajeron cuando la lengua de Macy trazó su contorno, y un gemido escapó de sus labios. Se quitó de encima de ella, se bajó de la cama, y revolvió en los bolsillos del pantalón hasta encontrar un preservativo. Se lo puso en un instante, y volvió con Macy.

Se colocó otra vez sobre ella, apoyando el peso en sus brazos, a ambos lados de Macy. Ella tomó su rostro entre ambas manos para besarlo con fruición, y le rodeó la cintura con las piernas en una muda invitación. Cuando Ryder se hundió dentro de ella, uniéndolos, Macy cruzó los tobillos y lo atrajo hacia sí, deleitándose con aquel contacto tan íntimo.

Cuando Ryder empezó a moverse, Macy relajó las piernas y se abandonó a sus rítmicas embestidas. Ryder la besó en los labios, y Macy se aferró a sus hombros, grabando en su memoria cada detalle de aquel instante: las sensaciones, el aroma de Ryder, su respiración jadeante... Si no llegaban a tener más que esa noche, al menos le quedaría aquel recuerdo imborrable del nirvana.

El placer que estaba experimentando estaba alcanzando cada vez cotas más altas, intensificado por la penetrante mirada de Ryder y la suave música de fondo. Las olas de ese placer que la golpeaban, acabaron por arrastrar a Ryder con ella hasta el clímax. Ryder jadeó y murmuró su nombre una y otra vez.

Apoyó la frente sobre la de ella, y Macy vio como una sonrisa se extendía lentamente por su rostro.

–¿Qué? –le preguntó, aún sin aliento.

–Ésta ha sido la experiencia más increíble de mi vida –contestó él.

84

Se quitó de encima de ella y se tumbó a su lado. Macy echó en falta de inmediato el calor de su cuerpo, y se apretó contra él, que la estrechó entre sus brazos mientras sonaba una canción de amor en el hilo musical.

Macy apoyó la cabeza en su hombro, sonrió, y lo rodeó con una pierna.

–Desde hoy el blues tendrá un significado especial para mí –dijo.

De hecho, tenía la sensación de que algo había cambiado, que ya no volvería a ver a Ryder del mismo modo... ni tampoco a sí misma. Aquel pensamiento la confundió un poco, pero prefirió apartarlo de su mente y acurrucarse contra el hombre que acababa de llevarla a alturas que jamás habría imaginado.

Capítulo Siete

Macy se despertó en la cama de la habitación de Ryder con una sonrisa en los labios. Ryder estaba dormido junto a ella sobre el costado con un brazo por encima de la cabeza en torno a la almohada, y el otro rodeando de un modo posesivo su cintura.

Macy admiró en silencio la belleza de sus músculos, y aunque no quería despertarlo, no pudo contenerse y deslizó una mano por su torso desnudo, como si necesitara asegurarse de que era real.

Ryder se movió y abrió un poco los ojos, guiñándolos por la luz. Una sonrisa asomó a sus labios.

–Esta forma de despertarse es mil veces mejor que la alarma de un despertador –le dijo soñoliento.

Macy apartó su mano, insegura sobre cuál era en esos momentos su relación. ¿Cómo dirigirte a tu jefe cuando te despiertas en su cama después de una noche de placer más allá de lo imaginable?

Sin embargo, Ryder alargó su mano para tomar la de ella y entrelazó sus dedos.

–¿Te arrepientes de lo que pasó anoche?

Macy se incorporó, apoyándose en el codo, y escrutó el rostro de Ryder. Parecía abierto y relajado, así que le contestó con sinceridad:

–No, a menos que tú sí. Estabas alterado por esa llamada y...

–Shh... –Ryder puso la mano en su mejilla–. Lo que ocurrió entre nosotros anoche no tenía nada que ver con eso. Esa llamada me afectó, es verdad, pero te deseaba de tal manera que todos estos días atrás he estado durmiendo fatal –le dijo–. Aunque la verdad es que había planeado una velada especial y quería impresionarte con una cena romántica. Pero lo haré otro día.

Te mereces que te mimen y te agasajen.

Macy volvió a tumbarse. No quería romper la magia del momento, pero sabía que tenía que hacerlo.

–Tienes que pensar en lo de tu hermano. Si quieres asistir al funeral, tendrás que irte pronto. Son muchas horas de vuelto hasta Estados Unidos.

Ryder encogió un hombro.

–No creo que vaya. Sería hipócrita por mi parte. Y daría lugar a un revuelo de los medios que acabaría haciendo mella en mi madre.

Macy comprendía que quisiera evitar eso.

–¿Y qué me dices de tu otro hermano?

–¿Seth?, ¿qué pasa con él? –inquirió Ryder frunciendo el ceño.

–¿No deberías mandarle un mensaje de condolencia o algo?

–No lo sé –Ryder se frotó la cara con la mano–. Nuestra relación ahora mismo es bastante... tensa.

–¿Por qué?

Ryder rodó para tumbarse boca arriba y dobló un brazo por encima de la cabeza.

–El testamento de mi padre dividía sus acciones entre nosotros, con lo cual ninguno tiene la mayoría de las acciones ni el control –le explicó con la vista fija en el techo–. Eso nos ha enfrentado.

87

–Pero eso es horrible –murmuró ella–. ¿Y por qué hizo algo así?

Ryder giró la cabeza hacia ella y esbozó una sonrisa amarga.

–Supuestamente lo hizo para intentar que nos entendiéramos y nos lleváramos bien.

–¿Y cómo ibais a entenderos con una situación como ésa?

–Imagino que creyó que nos haríamos amigos de pronto, que votaríamos en bloque, y que dirigiríamos la compañía juntos.

Macy sacudió la cabeza, pensando en lo poco que Warner Bramson debía de haber conocido el carácter de sus hijos para hacer eso. ¿O habría sido un último intento por cerrar la brecha entre sus hijos ilegítimos y su hijo legítimo?

En cualquier caso era evidente que su plan nunca funcionaría con un hijo como Ryder, al que le gustaba tener el control. O como le ocurría a Seth, que por lo que había leído en los periódicos era igual de ambicioso.

–¿Y qué vas a hacer?

–Conseguiré hacerme con la mayoría de las acciones –Ryder apretó la mandíbula. Según parecía, aquello no era algo negociable para él.

De pronto Macy lo vio todo claro. Tragó saliva.

–Por eso quieres comprar la compañía de mi padre... Él tiene acciones del Grupo Bramson.

Ryder la miró vacilante.

–Sí.

–Y para conseguirlas tenías que casarte conmigo.

–Sí –reconoció Ryder volviéndose hacia ella.

Macy sintió que le faltaba el aire.

–Yo creía que era la clave para que pudieras comprar la compañía de mi padre, pero es mucho más que eso, ¿no es así?

Ryder asintió y alargó una mano hacia ella, como temiendo que fuera a apartarse de él. Y no se equivocaba. Macy se incorporó, llevándose la sábana con ella, y la remetió por debajo de sus axilas. Aquello era mucho peor de lo que había imaginado.

–¿Pensabas llevar hasta el final el proyecto de Chocolate Diva? ¿O era sólo un anzuelo para que yo picara? Por favor, dime que no he estado trabajando todo este tiempo para nada.

–No, ese proyecto me interesa –respondió él–. Si hubieras decidido abandonarlo, habría contratado a otra persona para que lo llevara a término.

Macy inspiró temblorosa.

–No puedo creerlo. El que hayas venido aquí, a Australia, para supervisar el proyecto, tu proposición de matrimonio... incluso esto –señaló la cama revuelta con un ademán–. Todo para conseguir hacerte con el control de la compañía de tu padre. Debe de ser muy importante para ti.

Ryder se incorporó y mirándola muy serio replicó:

–No, esto no. Ya te he dicho que esto es algo entre nosotros, y es la verdad. Son dos cosas distintas.

Macy vaciló al ver que parecía sincero, pero estaba demasiado enfadada.

–¿Cómo pueden ser dos cosas distintas? Explícamelo.

Ryder resopló frustrado.

–No lo sé, pero lo son. Lo único que puedo decirte es que sí, quiero casarme contigo para tener el control de una compañía que debería corresponderme a mí como hijo legítimo, pero también que lo de anoche ha ocurrido porque te deseo, porque no puedo dejar de pensar en tocar tu piel, en besar tus labios, en tenerte entre mis brazos...

Macy sintió que los ojos se le llenaban de lágrimas, aunque no estaba segura de si eran lágrimas de frustración, de dolor porque se sentía traicionada, o porque sus palabras la conmovían. Se sentía agobiada, como si las paredes de la habitación se le estuvieran viniendo encima. Se puso de pie y dejó caer la sábana antes de dirigirse hacia la puerta.

–Necesito un poco de espacio para poder respirar.

–¿Dónde vas? –le preguntó él preocupado.

Macy se detuvo al llegar a la puerta y se volvió, sin preocuparse por estar desnuda delante de él. La desnudez emocional que sentía en ese momento la afectaba mucho más que su desnudez física.

–A dar un paseo.

Ryder levantó un dedo, pidiéndole que esperara un momento, y tomó su teléfono móvil de la mesilla de noche. Marcó un número.

–Soy Bramson. ¿Cuál es la situación ahí fuera? ... Ya veo. Gracias –colgó y se levantó de la cama–. La gente de seguridad dice que hay paparazzi esperando en la entrada del hotel. Los guardaespaldas pueden acompañarte si quieres.

Incluso fuera de aquella habitación, fuera del hotel, estaba acorralada. Sus ojos volvieron a llenarse de lágrimas, pero se negó a derramarlas. Agarró un albornoz que colgaba de un perchero junto a la puerta del baño de Ryder, y se lo puso, dándose tiempo para pensar.

Luego miró a Ryder, que se había quedado allí plantado, quieto, esperando su reacción. Por un momento sintió deseos de volver junto a él, de dejar que la estrechara entre sus brazos y la hiciera olvidarse de todo, pero así era como había empezado todo aquello.

Dio un paso hacia él con los brazos cruzados firmemente.

–Todo esto lo has provocado tú. Viniste aquí, a Australia, para seducirme y convencerme de que me casara contigo para conseguir esas acciones. Tú trajiste a la prensa contigo –le espetó sin subir el tono de voz, aunque habría querido gritarle–. Has puesto mi vida patas arriba.

Ryder contrajo el rostro y sus ojos la miraron atormentados.

–Lo siento; no era mi intención. Pensé que esto sería más sencillo.

Sus palabras fueron como un jarro de agua fría para Macy, que se tambaleó ligeramente.

–¿Pensaste que picaría antes?, ¿que caería rendida a tus pies?

Las facciones de Ryder se endurecieron y sacudió la cabeza.

–Estás tergiversando mis palabras. Lo que quería decir es que no pensaba que los medios fueran a perseguirnos de esta manera.

–Pues te equivocaste. Y ahora ni siquiera puedo salir a dar un paseo para despejarme –le espetó Macy antes de abrir la puerta de su habitación.

91

—¿Dónde vas a ir? —repitió él, esa vez en un tono más autoritario.

—No te preocupes; no saldré del hotel —contestó ella. Entró en su habitación, cerró tras de sí, y fue a cambiarse.

Ryder le dio un par de horas a Macy para calmar su enfado y su confusión. Habría querido ir tras ella, pero tenía todo el derecho a estar enfadada. Después de ir al bar del hotel y ver que no estaba allí, fue al gimnasio, y la encontró allí sola, subida en una de las cintas de correr. Se había recogido el pelo en una coleta, llevaba una camiseta y unos pantalones de deporte, pegados a la piel por el sudor. Ryder sintió que se excitaba de sólo imaginarla jadeante en la cama como en ese momento. Con una noche no le bastaba; ni de lejos.

Macy alzó la vista al verlo entrar, y por un instante sus ojos reflejaron el mismo ardor que estaba seguro que había en los suyos. Pero luego bajó la cabeza y fijó la vista en el panel de la máquina.

—Macy —la llamó dando un paso hacia ella.

—¿Qué? —contestó ella sin mirarlo.

Ryder se acercó.

—Tenemos que hablar.

—No veo para qué —contestó ella, aún sin alzar la vista.

Ryder se metió las manos en los bolsillos de los vaqueros que se había puesto.

—Bueno, tal vez tú no quieras hablar, pero hay cosas que yo necesito decirte.

92

Macy ajustó la velocidad de su cinta para que fuera más despacio, y le señaló la máquina vacía a su lado.

–Pues habla.

Ryder se encogió de hombros, se subió a la cinta y la puso en marcha al mismo ritmo que la de ella.

–¿Y bien? –lo instó Macy al cabo de un rato mientras caminaban.

–Quería pedirte disculpas.

–¿Por qué? –inquirió Macy sin girar la cabeza hacia él.

–Por todo.

–¿Por todo? –repitió Macy, mirándolo por fin. Había un mar de confusión y dolor en su mirada.

–No por lo de anoche –se apresuró a aclararle él–. Aunque supongo que debería disculparme por dejarme llevar, no lo lamento.

–Yo tampoco –susurró ella.

El corazón de Ryder palpitó con fuerza.

–Macy...

–Pero supongo que sigues queriendo casarte conmigo para poder comprar la compañía de mi padre y conseguir esas acciones.

–Sí –admitió Ryder en un tono quedo.

–Bueno, pues entonces hemos llegado a un punto muerto.

¿Punto muerto? Ryder apagó su máquina, se bajó, y se puso delante de la de ella con las manos en las caderas, desafiándola para que lo mirara.

–Macy, esto no ha acabado. No voy a darme por vencido.

Ella también apagó su máquina, se bajó, y pasó por delante de él, camino de los ascensores. Ryder la siguió. Macy cambió de dirección para dirigirse a las escaleras. El gimnasio estaba sólo dos plantas por debajo de la suya. Ryder volvió a seguirla, y cuando llegaron a su planta la adelantó, sacó la tarjeta y abrió la puerta, sosteniéndola para que pasara.

Macy entró sin mirarlo, fue a su habitación, cerró tras de sí y pasó al baño. Lo que no se esperaba era que Ryder entrara después de ella.

–Sal. Necesito darme una ducha.

Ryder se encogió de hombros y se cruzó de brazos.

–Yo también.

–Tú tienes tu propio cuarto de baño en tu habitación.

–Sí, pero ahora estamos en éste.

–No, yo estoy en éste –replicó ella cruzándose de brazos también.

Ryder tuvo que esforzarse para reprimir una sonrisa. Poca gente se atrevía a enfrentarse a él como hacía Macy. Ésa era otra cosa que le gustaba de ella.

Apoyó un hombro en el marco de la puerta.

–Necesito hablar contigo y los dos necesitamos una ducha. Y ya nos hemos visto desnudos el uno al otro.

Macy suspiró.

–Y los dos sabemos que, si nos metemos juntos en la ducha, no nos pondremos a hablar precisamente.

Ryder sonrió travieso.

–¿Y eso es un problema?

Macy gruñó irritada.

–Bueno, tampoco tenemos por qué ducharnos juntos –dijo él encogiéndose de hombros–. Podemos ducharnos por turnos y mientras hablamos.

Macy puso los ojos en blanco.

–Como si pudiéramos hacer eso.

–Yo puedo –le aseguró él, tirándose un farol. Bueno, quizá si hiciera un esfuerzo sobrehumano... –. ¿No será que te preocupa tu capacidad de autocontrol?

Macy se mordió el labio.

–Tal vez –admitió.

–Probemos –insistió él. Cerró la puerta del baño, se acercó a la ducha y abrió el grifo–. ¿Quién va primero?

Macy miró la puerta y luego a él, como si no las tuviera todas consigo. Luego lo miró resuelta y alzó la barbilla.

–Tú.

Estaba desafiándolo para que le demostrase que lo que había dicho no había sido sólo una fanfarronada. Con el corazón latiéndole como un loco, Ryder se quitó la camiseta y vio a Macy observándolo por el rabillo del ojo. Había visto a otras mujeres admirar su cuerpo, pero ninguna con ese ansia que trataba de negar, y el solo pensamiento lo excitó.

Se quitó las zapatillas de deporte.

–¿Te parece bien que hablemos del proyecto mientras? –le preguntó.

Macy se aclaró la garganta.

–Claro. ¿Por qué no?

–Estupendo –Ryder se bajó la cremallera de los pantalones y se los quitó junto con los bóxers–. Porque al fin y al cabo por eso hemos hecho este viaje.

–Cierto –contestó ella con la voz ronca, como si le hubiera costado pronunciar aquella sola palabra.

Ryder se metió bajo el chorro de agua, tomó la

95

pastilla de jabón, y empezó a enjabonarse mientras veía cómo lo observaba Macy. Y con el modo en que estaba mirándolo jamás se creería que no estaba deseando que volvieran a hacerlo, igual que él.

Se enjabonó el pecho, y luego el estómago.

–Háblame de las proyecciones que tenemos para los seis primeros meses cuando empecemos a vender.

Macy frunció el ceño, incapaz de despegar sus ojos del camino que estaba siguiendo la mano de Ryder.

–Pues estimamos que... –se quedó callada cuando empezó a enjabonarse el vientre y siguió hacia abajo.

Ryder contuvo una sonrisa.

–¿Macy?

Ella alzó la vista hacia el techo, moviendo los labios como si estuviese recitando algo de memoria. Quizá se hubiese equivocado y no fuese a ganar aquella «apuesta». Quizá Macy tuviera más autocontrol que él. Tendría que esforzarse más. Se enjabonó la cara, y se giró para aclararse.

De pronto notó una mano posarse en su espalda y descender por ella. Se volvió lentamente, pero la mano de Macy no se apartó. Seguía vestida, y había una expresión distraída en su rostro, como si no estuviese muy segura de lo que estaba haciendo.

Él sí estaba seguro. Le rodeó la cintura con el brazo y la atrajo hacia sí, bajo el chorro de la ducha. Se quedó así unos minutos, simplemente abrazándola, sintiéndola cerca, y Macy, con la mejilla apoyada en su hombro, le dejó. Ryder podía notar cómo su pecho subía y bajaba tan rápido como el de él.

–Ryder... –murmuró ella, levantando la cabeza para mirarlo a los ojos–. ¿Qué estamos haciendo?

96

–Lo que sentimos que queremos hacer.

–Sí, pero... ¿de verdad crees que debemos hacerlo?

–Macy, en este momento no estoy pensando en la compañía de tu padre, ni en las acciones que tiene. Eres tú quien me hace esto –dijo tomándola de la mano para ponerla sobre la prueba de su excitación. Macy cerró la mano en torno a su miembro y Ryder gimió–. Ninguna mujer me había afectado jamás de este modo. Me tienes excitado todo el tiempo. A veces no puedo creerme que sea capaz siquiera de mantener una conversación contigo.

–¿Incluso cuando estamos en una reunión? –inquirió ella. Empezó a acariciarlo, y la respiración de Ryder se tornó entrecortada.

–Sobre todo cuando estamos en una reunión. Esa condenada manía tuya de recogerte el pelo me vuelve loco. Tengo que apretar los puños para no acercarme a ti, soltarte el cabello, y hacerte el amor sobre la mesa de juntas. Te he deseado así desde el primer momento en que te vi.

Macy se puso de puntillas para besarlo en la garganta.

–¿Cuando nos dimos la mano?

–Antes de eso –Ryder agarró el borde de su camiseta de tirantes mojada para sacársela por la cabeza y después la arrojó al suelo–. Cuando entré en la sala de juntas y te vi.

–Pues no lo dejaste entrever, aunque me di cuenta de que te habías quedado mirándome –le dijo ella con una sonrisa tímida.

Ryder deslizó las manos por dentro de la cinturilla de sus pantalones, se los bajó junto con las braguitas, y esperó a que Macy sacara los pies antes de arrojarlos también al suelo fuera de la ducha.

Tomó su rostro entre ambas manos.

–No podía apartar mis ojos de ti –murmuró, haciéndola sonrojar. Le desabrochó el sujetador y lo arrojó también a la pila de ropa dejándola desnuda, como lo estaba él–. Dios, me moría por volver a hacer esto... –jadeó antes de volver a besarla con ansia.

Luego la asió por los hombros y la puso contra la pared. Tomó la pastilla de jabón, y la deslizó desde el cuello de Macy hasta el valle entre sus senos. Entonces, queriendo tocar la piel que la pastilla de jabón estaba monopolizando, la frotó entre sus manos para hacer espuma, la dejó sobre la pequeña repisa en la pared, y deslizó sus manos jabonosas sobre los hermosos pechos de Macy, prestando especial atención a los pezones, que se endurecieron bajo sus dedos.

Luego dejó que el agua de la ducha se llevara el jabón, y se inclinó para continuar la tarea con su boca. Macy jadeó, y sus dedos se aferraron a su corto cabello.

Ryder apoyó la mejilla en la dulce curva de uno de sus senos y alzó la vista.

–¿Sería tan malo que nos casáramos e hiciéramos esto durante el resto de nuestras vidas? –le preguntó.

Antes de que Macy pudiera contestar, dejó que una de sus manos se deslizase vientre abajo hasta encontrar el lugar que había estado queriendo tocar desde el momento en el que habían entrado en el baño. No, desde que se había despertado esa mañana.

Macy gimió y se movió inquieta contra la pared detrás de ella, pero logró articular una respuesta.

–El matrimonio es algo más que sexo.

Ryder introdujo dos dedos dentro de ella al tiempo que tomaba sus labios de un modo muy sensual.

Se apartó un momento de ella para agarrar el pantalón del suelo y sacar un preservativo de él. Se lo puso, y volvió a ponerse frente a Macy, devorándola con los ojos.

Ryder la agarró por la rodilla, hizo que le rodeara la cadera con la pierna, y se hundió en ella. Una ráfaga de sensaciones increíbles se apoderó de él. Le encantaba sentirla así, envolviéndolo. Macy lo mordió en el hombro y empujó sus caderas contra las de él, queriendo llevarlo más adentro. Sus cuerpos se frotaban al unísono.

–Ryder... –murmuró ella cerrando los ojos–. Ryder...

El oír su nombre de sus labios casi le hizo perder el control, pero apretó los dientes y resistió un poco más.

–Macy, mírame –ella abrió los ojos–. No dejes de mirarme... quiero que sepas que esto es sólo... entre nosotros dos...

–Lo sé –jadeó ella.

Volvió a suspirar su nombre una vez más. Su cuerpo se tensó en torno a él al tiempo que le clavaba los dedos en los bíceps, y juntos se precipitaron por una catarata de fuegos artificiales y placer.

Capítulo Ocho

Al día siguiente, tras quedarse en la cama con Ryder la mayor parte de la mañana después de que se despertaran, Macy cerraba el grifo de la ducha sintiéndose maravillosamente relajada. Recuerdos del día anterior, cuando Ryder la había llevado a cotas de placer que no había creído posibles, acudieron a su mente.

Salió de la ducha y se encontró a Ryder esperándola allí, toalla en mano, con los pantalones a medio abrochar y una sonrisa en los labios. Aquel gesto, tan simple pero tan atento la conmovió.

–Gracias.

Ryder le puso la toalla sobre los hombros y la atrajo hacia sí para besarla.

–He pedido que nos suban el desayuno –murmuró contra sus labios–. Lo traerán dentro de cinco minutos. Y luego tendremos que hablar de qué vamos a hacer hoy.

Macy se sonrojó. El día anterior, después de que abandonaran el gimnasio, se habían pasado el día en la cama, haciendo uso del servicio de habitaciones para que les trajeran el desayuno, el almuerzo y la cena, y habían hecho el amor hasta quedarse dormidos.

Macy alzó la vista hacia los ojos de Ryder.

–¿Qué crees que dirán Tina y Bernice?

100

–Tina no sé; a lo mejor te creyó cuando le dijiste que habíamos encontrado otros locales que queríamos visitar. Bernice en cambio... –sonrió–. Probablemente ha sospechado desde que le dije que no iba a atender ninguna llamada. Pero es demasiado profesional como para dejárselo entrever siquiera a nadie.

Macy le sonrió.

–¿Qué has pedido para desayunar?

Ryder le frotó los brazos con las manos y sintió su calor a través del tejido de rizo de la toalla.

–Fresas, cruasanes, zumo y café.

–Perfecto.

–Bueno, a mí se me ocurren otros placeres mejores que la comida... –murmuró inclinándose para besarla en el lóbulo de la oreja– pero supongo que tendré que conformarme por ahora. Te dejaré para que te vistas.

Cuando salió, el cuarto de baño le pareció de pronto a Macy más frío, los colores apagados. Inspiró y contuvo el aliento, reflexionando sobre el significado de aquellas impresiones. En muy poco tiempo Ryder se había convertido en alguien muy importante para ella. Sin él la vida le parecería aburrida y vacía, y el solo pensar en eso hizo que el estómago se le contrajese. Se miró a los ojos en el espejo preocupada. ¿Estaría dejándose llevar demasiado por sus sentimientos?

Oyó que llamaban a la puerta de la suite, y después voces. El desayuno había llegado. Se vistió, por primera vez en casi veinticuatro horas, y fue al comedor de la suite.

El desayuno ya estaba sobre la mesa junto a la ventana. Ryder, de pie junto a ella, tenía la mirada perdida en el horizonte y el ceño fruncido. Sus hombros estaban tensos y en su mano apretaba un periódico enrollado.

Inquieta, fue junto a él y le puso una mano en el brazo.

–¿Qué ha pasado?

Ryder giró la cabeza hacia ella, sobresaltado, y sus ojos se llenaron de dolor.

–Macy...

El estómago le dio un vuelco. Debía de haber ocurrido algo muy grave.

–Ryder, háblame.

Él golpeó la palma de su otra mano con el periódico, como si estuviera pensando cómo decírselo. Un centenar de posibilidades cruzaron por la mente de Macy, cada una peor que la anterior, pero Ryder permaneció callado. Le puso una mano en la cara para que la mirara.

Ryder tragó saliva.

–Hablan de nosotros. De que estamos aquí.

–Pero los medios ya sabían que hemos venido aquí en viaje de negocios –replicó ella.

–Están diciendo, y cito textualmente, que estamos «encerrados» en nuestra habitación.

A Macy el estómago le dio un vuelco. Se agarró al respaldo de la silla que había junto a ella. Se había sentido tan feliz aquella mañana al despertarse junto a Ryder...

Él la hizo sentarse, se acuclilló junto a ella, y la tomó de la mano.

–Alguien del hotel les ha dicho que apenas hemos salido de la suite, que estamos pidiendo que nos suban la comida y que tenemos colgado en la puerta el cartel de *No molestar.*

Macy sintió náuseas. Había pasado. Volvía a estar en el punto de mira de los medios. Ni el irse de Estados Unidos ni el haber llevado una vida de ciudadana anónima allí en Australia en los últimos tres años le había servido de nada.

Ryder soltó una palabrota.

–Demandaré al hotel.

–Déjame ver el artículo.

Ryder abrió el periódico por la página donde estaba y se lo tendió. El titular decía: *¡Descubiertos en su nido de amor!* Lo leyó por encima. Sobre todo eran insinuaciones y especulaciones, pero lo suficiente para que pronto volvieran a tirar de ella los editores de las revistas de papel cuché.

Ryder se puso de pie con una expresión de culpabilidad en el rostro.

–Todo esto es por mí. Maldita sea; lo he provocado yo.

Macy se puso de pie también.

–Pues yo me alegro de que lo hicieras.

Por dentro estaba temblando de pensar en el revuelo mediático que podía surgir después de aquello, pero se obligó a mantener la calma.

–¿Cómo puedes decir eso? –inquirió él sin dar crédito.

–Ryder, ésta es mi peor pesadilla, pero no me arrepiento de lo que ha pasado entre nosotros, de lo que hemos compartido.

Fue entonces cuando cayó en la cuenta; estaba enamorada de él.

Podría con aquel artículo del periódico, y con mucho más sólo por estar con él. Incluso... tragó saliva, incluso sería capaz de casarse con él aunque no fuese correspondida para que Ryder pudiese tener lo que quería: aquellas acciones de la compañía de su padre. Podría hacerlo... y lo haría. Lo haría por él, porque lo amaba.

Ryder estaba mirándola sin comprender.

—¿Cómo puedes estar tomándotelo tan bien? ¿Te das cuenta de que ahora nos seguirán como hienas allí donde vayamos?

Macy sintió que se le revolvía el estómago y se mordió el labio, alegrándose de no haber probado aún bocado, porque la sola idea de ser acosada por reporteros y paparazzi le daba náuseas.

—Lo sé.

—Pues entonces explícamelo, porque tengo que decir que no entiendo tu reacción.

—Esto no importa —le dijo agitando el periódico antes de arrojarlo sobre la mesa y erguirse—. Ya no importa porque... he decidido casarme contigo.

Ryder frunció el ceño.

—¿Porque nos han descubierto?

—No, porque he decidido que es lo que quiero —contestó Macy. Para ocultar el temblor de sus manos, se cruzó de brazos—. Me has convencido con tus argumentos y... —«y te quiero»— y quiero que tengas esas acciones. Yo acepto tu oferta de darme el puesto de directora de Chocolate Diva o de otra de tus empresas —«... con tal de que no averigües por qué estoy haciendo esto»—, y tú consigues lo que querías. Los dos salimos ganando.

104

Ryder la miró a los ojos con una expresión que Macy no supo interpretar. Contuvo el aliento esperando su reacción. Había pensado que aquello lo complacería. ¿Por qué no...? Un sudor frío recorrió su piel. Ryder había cambiado de idea.

Él sacudió la cabeza y levantó las manos.

–Macy, no quiero empujarte a hacer algo que no quieres hacer sólo porque estés disgustada por culpa de esas sabandijas de reporteros.

Un inmenso alivio inundó a Macy. Aún quería casarse con ella; únicamente estaba preocupado. Le sonrió para convencerlo, ignorando las señales que su mente le enviaba de que aquello era una locura. No le importaba; estaba dispuesta a hacer aquello por él.

–Estoy segura al cien por cien de que es lo que quiero. Anda, vamos a desayunar.

Ryder se frotó la frente con la mano.

–Lo estás diciendo en serio.

–Muy en serio –contestó ella mirándolo a los ojos.

Ryder sirvió café a los dos y también zumo, y usó las pinzas para poner un cruasán y varias fresas a cada uno en su plato. Necesitaba tiempo para asimilar lo que acababa de ocurrir. Todavía se sentía como si el suelo estuviese moviéndose debajo de él.

Lo había conseguido; estaba un paso más cerca de lograr hacerse con el control del Grupo Bramson. ¿Pero a qué precio?

Estaba condenando a su dulce Macy a un matrimonio sin amor, como el de sus padres. Macy le importaba, y más después de lo que habían compartido y de que ella se hubiera abierto a él y le hubiese dejado ver sus vulnerabilidades, pero iba a condenarla al mismo destino que había sufrido su madre. ¿En qué clase de monstruo lo convertía eso?

Macy que había ido al dormitorio un momento, regresó al comedor e iba a sentarse, pero él la detuvo y la tomó de las manos.

–Macy, sé que esto es lo que yo quería, pero necesito que estés absolutamente segura de lo que vas a hacer.

La sonrisa de ella sólo vaciló una fracción de segundo.

–Ayer me preguntaste si sería tan malo que nos casásemos y poder hacer el amor cada día el resto de nuestras vidas. Me pareció un buen argumento. Además, lo dos salimos beneficiados.

Ryder la rodeó con los brazos y la estrechó contra sí, dándole gracias al cielo por aquello, por ella, por todo.

–No te merezco.

Macy lo besó en el cuello.

–Te mereces lo mejor del mundo –le susurró–. Empezando por esas acciones que tiene mi padre. Llámalo.

Ryder miró su reloj y calculó la diferencia de tiempo con Nueva York. A esa hora allí era ya de noche. Tenía que admitir que era más que tentadora la idea de telefonear ya a Ian Ashley y poner en marcha los engranajes.

–¿Estás segura de que no quieres más tiempo para pensarlo?

–Muy segura. Llámalo.

106

Ryder sacó su móvil del bolsillo, buscó el número del padre de Macy en su agenda y lo marcó en el teléfono inalámbrico del hotel antes de pulsar el botón del altavoz para que Macy también pudiera oír la conversación.

Hubo varios tonos antes de que una voz bronca contestara.

—¿Diga?

—Soy Ryder Bramson —dijo Ryder tomando la mano de Macy y entrelazando sus dedos. Quería que supiera que estaban juntos en el mismo equipo—. Lo llamo para decirle que puedo cumplir la condición que me puso para la venta de su empresa y de las acciones.

Hubo un silencio al otro lado de la línea.

—¿En serio? Vaya, sí que ha sido rápido.

—De hecho, Macy está aquí conmigo ahora mismo.

La miró enarcando las cejas y señaló el teléfono, pero Macy sacudió la cabeza. Ryder asintió. Comprendía que no quisiera hablar con su padre después de lo que le había hecho.

—Le enviaré los papeles firmados mañana por la mañana —le dijo.

De hecho, ya los había firmado antes de salir de Estados Unidos, así que sólo tendría que dar orden de que se los enviasen.

—De acuerdo —contestó Ian Ashley—. Los estaré esperando.

Ryder colgó y apretó la mano de Macy.

—Bueno, ya está hecho.

—Ya está hecho —repitió ella suavemente, y sonrió.

Ryder la atrajo hacia sí y la abrazó.

107

–Te prometo que siempre cuidaré de ti. Te seré fiel, y haré todo lo posible por que nuestro matrimonio funcione.

«Nunca seré como mi padre», se juró a sí mismo. Tal vez el suyo fuese a ser un matrimonio sin amor, pero eso no significaba que tuviesen que acabar odiándose el uno al otro, ni haciéndose daño el uno al otro.

–Estoy segura de que sí –respondió ella rodeándole la cintura con los brazos y apretándose contra él–. Confío en ti. Eres un buen hombre, Ryder Bramson.

¿Lo era? ¿Cuándo había convencido a una mujer maravillosa de que se casase con él sólo para tener más poder? Ryder cerró los ojos como si así pudiese borrar la repugnancia que sentía hacia sí mismo en ese momento. Pero no podía renunciar a Macy. La necesitaba en su vida.

–Volveremos hoy mismo a Melbourne –le dijo–. Me gustaría que nos quedáramos aquí todo el día, haciendo el amor, como ayer, pero tenemos muchas cosas que organizar. Y ahora que vamos a casarnos –añadió besándola primero en un párpado y luego en el otro–, tendremos cada noche del resto de nuestras vidas.

Macy suspiró feliz.

–Creo que podría acostumbrarme a eso.

Y él, pensó Ryder, pero se trataba de mucho más que eso. Quería hacer feliz a Macy; nada le importaba más que eso.

–Te lo prometo; haré que esto funcione –susurró de nuevo contra su cabello. Lo haría por ella.

***

108

Cuando llegaron al aeropuerto de Tullamarine en Melbourne y bajaron del jet privado, Ryder tomó la mano de Macy y se la apretó. Ella le sonrió, y mientras esperaban a que bajaran sus maletas, apoyó la cabeza en su hombro. Era un gesto de confianza y de fe, y Ryder sonrió también.

En ese momento le sonó el teléfono. Un mensaje.

–El chófer ya está esperándonos a la entrada –le dijo a Macy–. Si no te importa, me gustaría que pasáramos un momento por la oficina.

Macy asintió.

–Me parece bien. Aprovecharé para que Tina me ponga al día de cómo va todo.

–Bien. Le diré al chófer que lleve nuestras maletas a tu apartamento.

Macy lo miró interrogante.

¿Qué podía decir?, ahora que sabía lo increíble que era el sexo con ella no tenía intención de pasar la noche separado de ella.

–Pensé que estarías más cómoda si me voy contigo a tu apartamento en vez de que tú te tengas que venir conmigo al hotel.

Una sonrisa traviesa asomó a los labios de Macy.

–Pensaste bien.

Minutos después, cuando ya estaban sentados en la limusina, Ryder le rodeó los hombros con el brazo y le preguntó:

–¿Has pensado cómo te gustaría que fuera la boda?

–La verdad es que no –respondió ella–. Hace apenas unas horas que te dije que sí, ¿recuerdas?

–Lo sé, pero es que quiero organizarlo todo lo antes posible –le dijo Ryder. Necesitaba el certificado de matrimonio para poder comprar Ashley Internacional y conseguir las acciones del Grupo Bramson–. ¿Tienes alguna preferencia por casarte aquí o en Estados Unidos?

Macy se quedó pensativa un momento.

–No tengo nada que me ate a ninguno de los dos sitios. ¿Querrás que venga tu madre?

Ryder se imaginó cómo reaccionaría su madre si no la invitara.

–Si no contáramos con ella, nunca me lo perdonaría –contestó–. En cuanto se entere hasta querrá ocuparse de los preparativos, pero me encargaré de disuadirla de ello si prefieres ocuparte tú.

–No me importa. Si se ofrece, será porque te quiere y quiere que todo ese día sea perfecto.

Había algo de tristeza y añoranza en los ojos de Macy cuando pronunció esas palabras.

Ryder la tomó de la mano y se la apretó.

–Ojalá hubiera podido conocer a tu madre.

Ella esbozó una sonrisa.

–Estoy segura de que le habrías caído bien.

Y si ella había salido en algo a su madre, Ryder estaba seguro de que a él también le habría caído bien. El resto de la familia, en cambio, era harina de otro costal. Una hermana que probablemente había filtrado a la prensa aquella historia sobre las condiciones de la venta de la empresa familiar, y un padre que había puesto a Macy como moneda de cambio. Pero, con todo, eran su familia, así que le preguntó:

–¿Y tú?, ¿querrás invitar a tu padre y a tu hermana a la boda?

Macy se quedó callada un buen rato, pero finalmente respondió con voz queda:

–Sí, pero no quiero que venga mucha gente. Quiero que sea algo sencillo.

–Ni que haya medios.

–Eso por descontado –respondió ella estremeciéndose.

–Tengo una casa en Long Island. Es una finca grande donde tendríamos privacidad. Podríamos celebrar la boda allí.

Macy sonrió.

–Me parece perfecto.

–Y si quieres también podríamos vivir allí cuando nos casemos. Sería un buen lugar para formar una familia.

Macy abrió la boca para decir algo, pero volvió a cerrarla.

–¿Ocurre algo? –inquirió él.

Macy inspiró temblorosa y se encogió de hombros.

–No sé, es sólo que... todo parece ir tan deprisa... Todo está cambiando y...

Ryder la abrazó.

–Las únicas cosas que cambiarán serán aquéllas con las que tú te sientas cómoda. Y si te parece que todo va muy rápido, agárrate a mí y no te sueltes.

Macy apoyó la mejilla en su hombro.

–¿Y si esperamos a que acabe el proyecto y estemos casados para decidir dónde vamos a vivir?

–Como tú quieras –contestó Ryder.

Minutos después la limusina se detenía frente al edificio donde estaban sus oficinas. Ryder se bajó y rodeó el vehículo para ir a abrir la puerta de Macy, ignorando a los dos paparazzi que estaban allí esperándolos.

Entraron en el edificio y la acompañó hasta su despacho.

–Ah, ya ha llegado el chocolate que estábamos esperando –exclamó ella acercándose a su mesa, sobre la cual había un paquete.

–¿Qué chocolate?

Macy sacó un abrecartas de un cajón para abrir el paquete.

–Es el chocolate modificado que queremos introducir en el mercado australiano.

Ryder se acercó picado por la curiosidad.

–¿Modificado?

–Estamos experimentando –respondió Macy mientras rasgaba el grueso papel que envolvía el paquete–. Calentaré un poco para mostrártelo.

–Bueno. Voy un momento a mi despacho.

Dejó a Macy con su paquete y salió. Ya en su despacho se sentó tras su escritorio, encendió el ordenador, y revisó los mensajes que le había dejado Bernice sobre la mesa. Se puso a consultar los periódicos en Internet, cuando de pronto el titular de una columna le llamó la atención. Allí estaba su nombre. Y el de Macy. Y una foto de los dos abandonando Sydney hacía sólo unas horas. Pinchó en el titular, que lo llevó a la página del artículo completo. Allí estaba de nuevo la foto de los dos besándose, repetían las mismas cosas, mencionaban la muerte de Jesse, e incluían una fotografía antigua de una adolescente y tímida Macy junto a su hermana, muy glamurosa y posando para las cámaras.

–Sanguijuelas... –masculló Ryder.

Aquél era uno de los motivos por los que Macy había intentado mantener las distancias con él desde un principio. Se sentía muy afortunado de que estuviera dispuesta a soportar las habladurías de los medios por él, y haría todo lo que estuviera en su mano para que sufriera lo menos posible.

Se puso de pie, fue hasta la ventana y se metió las manos en los bolsillos.

–La protegeré –se prometió en voz alta.

Sólo había dos cosas importantes para él en ese momento: conseguir las acciones del Grupo Bramson, y proteger a Macy.

Capítulo Nueve

Ryder encontró a Macy en la cocina de la sala donde solían almorzar los empleados, removiendo el contenido de dos cazos sobre la vitrocerámica con sendas cucharas de madera. Carraspeó y entró en la sala.

—Macy, hay algo que debes saber —dijo yendo a su lado.

Ella alzó la vista, cautelosa.

—¿De qué se trata?

—Hay más artículos sobre nosotros. Los periódicos están rascando el fondo del cubo de la basura para conseguir titulares. Me temo que esto no hará sino ir en aumento hasta el día de la boda, pero quería que supieras que haré todo lo que esté en mi mano para protegerte de esa chusma.

Macy alzó la barbilla.

—Te lo agradezco, pero no dejaré que me afecte, te lo aseguro.

En ese momento Ryder la admiró más que nunca. No cabía duda de que Macy era una mujer muy fuerte. De pronto le sonó el móvil. Lo sacó del bolsillo de su pantalón y al ver el número en la pantalla vio que era la albacea de su padre quien llamaba, Pia Baxter.

—Disculpa —le dijo a Macy antes de contestar—. Buenos días, señora Baxter.

114

–Buenos días, señor Bramson. Me temo que tengo algunas noticias que no son demasiado buenas.

Ryder contrajo el rostro.

–Dispare.

–He recibido una carta de los abogados de un hombre que dice ser hijo de su padre, Warner Bramson.

Ryder soltó una palabrota entre dientes.

–¿Y supongo que quiere impugnar el testamento?

–Eso parece.

–¿Y si de verdad es hijo de mi padre, por qué ha guardado silencio todo este tiempo?, ¿por qué ahora? –inquirió. Hacía ya más de un mes de la muerte de su padre.

–Me temo que no tengo información a ese respecto.

A Ryder se le encogió el estómago. Si se impugnaba el testamento, podrían pasar años antes de que pudiera hacerse con las acciones que su padre le había legado.

–¿Ha hablado usted con él?

Pia vaciló.

–No. Únicamente he recibido una carta de sus abogados, pero si quiere puedo intentar ponerme en contacto con él.

–No, no se preocupe –Ryder se frotó la frente con el índice y el pulgar–. ¿Se lo ha dicho a Seth?

–Iba a llamarlo ahora.

Parecía que había llegado el momento de tener una conversación con su medio hermano. Tenía la sensación de que aquel supuesto nuevo hijo que había aparecido podía ser simplemente un oportunista, y si estaba en lo cierto, sería mejor que presentaran un frente unido.

–Dígale que me llame después, por favor. Necesito hablar esto con él.

–Descuide, lo haré.

La mente de Ryder se convirtió en un hervidero de posibles tácticas y estrategias, entre las que flotaba el extraño pensamiento de que por primera vez Seth y él estaban en el mismo bando. Exhaló un suspiro.

–Gracias por llamar para informarme –le dijo a Pia.

–No hay de qué, señor Bramson.

Ryder colgó y guardó el móvil en su bolsillo.

Macy alzó la vista.

–¿Problemas?

–Es posible que mi padre tenga más hijos ilegítimos de los que en un principio creíamos. O eso, o están empezando a salir aprovechados que quieren llevarse su dinero.

Macy enarcó las cejas.

–¿Ha aparecido otro heredero?

–Eso parece.

–Vaya. Un día pierdes un hermano, y te encuentras con uno nuevo al siguiente. Es como una montaña rusa –comentó con una sonrisa compasiva.

–No te haces una idea. A saber cuántos hijos secretos tiene el viejo por ahí desperdigados –dijo Ryder sacudiendo la cabeza–. Es posible que todavía aparezca algún heredero más.

Macy ladeó la cabeza.

–Estás enfadado con tu padre.

–Ya lo creo que lo estoy –dijo Ryder lleno de resentimiento–. Humilló a mi madre durante años con su amante, Amanda Kentrell. Tuvo dos hijos con ella y

116

pasaba más tiempo con ellos del que nunca pasó con mi madre y conmigo.

–¿No quería a tu madre?

–Le hizo creer que sí para casarse con ella, pero sólo quería su dinero. Mi madre pertenece a una familia rica y de rancio abolengo.

Macy lo miró con los ojos muy abiertos.

–Pero eso es horrible.

Era peor que horrible. Ryder tomó la mano de Macy.

–No quiero ser como él, Macy. Por eso he querido que supieras la verdad desde el primer momento respecto a mis intenciones. Nunca te prometeré algo que no pueda darte: amor.

Macy esbozó una sonrisa triste y asintió.

–Y yo agradezco tu sinceridad.

Aquella sonrisa hizo que a Ryder se le encogiera el corazón. La atrajo hacia sí, estrechándola con fuerza, y en ese momento volvió a sonarle el teléfono.

–Debe de ser Jesse. Perdona, tengo que contestar.

Macy volvió al chocolate que estaba derritiendo y Ryder abrió su teléfono.

–¿Seth?

–Sí. Acaba de llamarme la señora Baxter. He telefoneado a mis abogados y les he explicado la situación.

Ryder inspiró, intentando dejar a un lado todos los recuerdos y sentimientos encontrados que le provocaba el oír la voz de su medio hermano.

–Deberíamos vernos para hablar de esto. Creo que deberíamos hacer frente común en este asunto.

Hubo un largo silencio al otro lado de la línea, y

Ryder se preguntó si Seth iría a rechazar la pipa de la paz que le estaba tendiendo, pero finalmente éste carraspeó y respondió:

–Sí, bueno, supongo que no nos iría mal unir fuerzas. ¿Cuándo?

Ryder miró a Macy, que seguía removiendo el chocolate.

–Estoy en Australia, pero puedo intentar salir para allá mañana por la noche. Te llamaré cuando llegue y quedamos en algo.

–De acuerdo. Trataré de hacer hueco en mi agenda.

–Sólo una cosa más –Ryder apretó la mandíbula. ¿Debía preguntarle? Cerró los ojos y lo hizo de todos modos–. ¿Ya se ha celebrado el funeral de Jesse, o todavía podría llegar a tiempo?

Hubo otro silencio al otro lado de la línea.

–Si tomas ese vuelo mañana, llegarás a tiempo –le dijo Seth muy despacio–. Nuestra madre estaba en Inglaterra, visitando a su hermana, así que el funeral se ha retrasado.

–Ya veo. Bien, pues en eso quedamos.

Ryder colgó el teléfono y marcó el número de su secretaria para darle instrucciones.

Macy escuchó a Ryder hablar con Bernice, diciéndole que necesitaba un billete para salir el día siguiente para Nueva York, y el corazón le dio un vuelco. Iba a volver a los Estados Unidos tan pronto... y la iba a dejar allí.

Claro que entendía que no iba a pedirle que lo

acompañara cuando se trataba de un asunto familiar, después de todo el suyo iba a ser un matrimonio de conveniencia. Además, había sido sincero con ella y le había dicho que lo único que no podía prometerle era amor. No debía hacerse ilusiones, pensó mientras seguía removiendo el chocolate derretido en los dos cazos.

Ryder colgó, se guardó el móvil en el bolsillo, y se acercó a ella.

–¿Por qué lo estás derritiendo? –le preguntó.

–Para que puedas ver la diferencia entre nuestro chocolate y la versión modificada que estamos probando para el mercado australiano, que tiene un punto de fusión más elevado.

–Bueno, pues ya estoy aquí –dijo él colocándose detrás de ella y rodeándole la cintura con los brazos–. Ya puedes enseñármelo.

Macy se apoyó en su sólida calidez, y el olor de su colonia la envolvió. Por un momento deseó que el resto del mundo se evaporase y sólo quedasen ellos dos. Se irguió, apagó la vitrocerámica, y tragó saliva.

–Los dos chocolates están siendo sometidos a la misma temperatura –le explicó. Levantó la cuchara de madera del cazo de la izquierda dejando caer el chocolate en un hilillo–. Éste es el chocolate que vendemos en los Estados Unidos.

–Ajá.

Macy levantó la cuchara del otro cazo y dejó que el chocolate cayera.

–Ésta es la versión modificada. Es más espeso porque tiene un punto de fusión más elevado, lo que lo hace más apropiado al clima australiano –dejó caer la cuchara de nuevo con un suspiro de frustración–. Pero no quiero hablar de eso; deberíamos hablar de tu viaje.

Ryder se inclinó y le preguntó en un susurro:

–¿Por qué?

Un escalofrío delicioso le recorrió la espalda, y Macy se mordió el labio para contener un gemido.

–Pues porque tendrás que hacer el equipaje y todo eso.

Ryder la besó en el cuello.

–Y no sabes lo que voy a echarte de menos –murmuró–. No podré dejar de pensar en ti.

Una parte de ella quería creer sus palabras, pero su lado racional le decía que no debía dejarse engañar. Al fin y al cabo ni siquiera había pensado en llevarla con él.

–Sobrevivirás.

Ryder introdujo un dedo en uno de los cazos, hizo que Macy se girara hacia él, y le untó el labio inferior con el chocolate.

–Depende de que entiendas por sobrevivir.

Inclinó la cabeza y lamió el chocolate del labio de Macy antes de tomarlo entre los suyos y succionar suavemente.

–Yo también te echaré de menos.

Debía de haber perdido la cabeza. Se había enamorado de un hombre que la deseaba, sí, ¿pero cuánto duraría eso?

Ryder mojó su dedo en el otro cazo y untó con él de nuevo el labio de Macy.

–Si no fuera porque voy para asistir al funeral de Jesse y para hablar con Seth del testamento, te llevaría conmigo –le dijo Ryder–. Y ahora no te muevas. Voy a comprobar la diferencia entre las dos versiones.

Sus labios volvieron a cubrir los de ella, y Macy sintió que los latidos de su corazón se aceleraban. De pronto se notaba la cabeza mareada.

Dejando a un lado sus dudas, agarró a Ryder por la camisa y lo atrajo hacia sí. Cuando despegaron sus labios, la respiración de él se había tornado entrecortada. Apoyó su frente en la de ella.

–Interesante –murmuró–, pero no estoy seguro de haber apreciado bien la diferencia.

Tomó la cuchara del cazo de la izquierda, y con la otra mano desabrochó tres botones de la blusa de Macy. Luego untó de chocolate la base de su garganta, y cuando su lengua rozó su piel Macy no pudo evitar gemir y arquear la espalda.

Cuando Ryder hubo limpiado todo el chocolate de su piel y alargó la mano para tomar la cuchara del otro cazo, Macy recobró por unos instantes la cordura.

¿Qué estaba haciendo? Si seguía por ese camino, acabaría con el corazón hecho añicos. Una cosa era acceder a firmar un certificado de matrimonio para que pudiera tener las acciones que quería, y otra participar en aquella charada, fingiendo que el suyo sería un matrimonio real cuando Ryder le había dicho claramente que no podía prometerle amor.

El único modo de protegerse sería poner tierra de por medio entre ellos. Él podría vivir su vida en Estados Unidos, y ella seguir con la suya en Australia.

Le puso una mano en el pecho a Ryder.

–Ryder, tenemos que hablar de nuestro matrimonio. Hay algunas cosas que creo que deberíamos hacer de un modo distinto.

–Después –Ryder tiró de su blusa para dejar un hombro al descubierto y lo besó con la boca abierta.

Macy sintió que se derretía, pero halló la fuerza para susurrarle:

–Espera.

Él se irguió, y sus ojos la miraron interrogantes.

Macy sabía que debían tener aquella conversación, pero temía que, en cuanto cambiara las reglas y Ryder accediese a que su matrimonio fuese sólo un matrimonio sobre el papel, las cosas serían muy distintas. No hablarían de nada que no tuviese relación con el trabajo. No almorzarían juntos. No harían el amor. Ni siquiera estarían en el mismo país...

Ryder la besó en el hombro, sin presionarla, sino esperando, como ella le había pedido.

Sin embargo, ¿qué podía tener de malo que disfrutase una última vez de sus besos, de sus caricias? Se humedeció los labios y murmuró:

–Tienes razón, ya hablaremos de ello en otro momento.

Ryder fue a cerrar la puerta con pestillo. Luego le desabrochó más botones y le untó chocolate en el estómago antes de inclinarse para limpiarlo con la lengua.

–¿Sabes? Nunca había sido muy aficionado al chocolate –le dijo–, pero creo que estoy empezando a tomarle el gusto.

Le levantó la falda hasta dejar al descubierto sus braguitas, y la levantó para sentarla en la mesa. Con el corazón latiéndole como un loco, Macy lo atrajo hacia sí.

–A mí me está ocurriendo lo mismo.

No era momento para hablar ni para despedidas, se dijo atrapando los labios de Ryder con un beso apasionado. Ese momento llegaría, pero hasta entonces pensaba aprovechar cada segundo que pudiera con él en el paraíso.

Capítulo Diez

Al día siguiente Macy estaba sentada en su mesa, supuestamente trabajando, aunque la realidad era que no podía dejar de pensar en Ryder, que se iría dentro de unas horas. El día anterior, después de que Bernice le confirmase que le había conseguido un billete para volar a Estados Unidos, habían ido a su apartamento y habían hecho el amor hasta que él se había marchado a su hotel para hacer el equipaje.

En lo que iba de día no lo había visto más que unos minutos. Estaba muy ocupado con reuniones, cerrando varios asuntos antes de marcharse. Marcharse...

De pronto llamaron a su puerta abierta, y al alzar la vista vio a Ryder entrando en su despacho. El corazón le palpitó con fuerza, pero se dijo que tenía que poner fin a aquella charada de fingir que el suyo iba a ser un matrimonio real, y que tenía que hacerlo antes de que se marchara esa noche.

Ryder se estiró, apoyó las manos en las caderas y le dirigió una sonrisa cansada.

–¿Qué te parece si salimos de aquí?

Macy frunció el ceño y miró el reloj de la pantalla de su ordenador.

–Son las cinco.

–Y es la hora a la que acabas de trabajar, ¿no?

Ella se echó hacia atrás.

124

—La hora a la que ni tú ni yo salimos nunca.

—Pues eso debería empezar a cambiar —le contestó él con otra sonrisa cansada.

Rodeó su escritorio, se sentó en el borde, junto a ella, y la tomó de la mano.

Macy estudió sus facciones. Tenía ojeras y estaba un poco pálido, pero estaba segura de que estaba más preocupado por el asunto del testamento de su padre de lo que estaba dispuesto a admitir.

—¿Acabaste de hacer el equipaje anoche?

—Sí, ya lo tengo todo listo. Anda, vamos —dijo tirándole de la mano.

Macy no fue capaz de negarse. No cuando dentro de unas horas se iría. Apagó el ordenador, tomó su chaqueta y abandonaron el edificio, despidiéndose de los empleados con los que se cruzaron.

Finalmente decidieron ir al apartamento de Macy, y en cuanto entraron por la puerta él se aflojó la corbata mientras ella dejaba su bolso sobre la mesita del teléfono y pulsaba el botón para escuchar los mensajes del contestador.

La voz de su padre inundó el salón, felicitándola por su inminente matrimonio, y luego siguió otro mensaje similar de su hermana.

Ryder frunció el ceño.

—Deberían disculparse contigo en vez de felicitarte.

Macy se quitó los zapatos y lo miró contrariada. Sabía que Ryder estaba molesto por que su hermana hubiera filtrado detalles sobre ellos a los medios, pero no que también lo estuviera con su padre.

—Creía que estabas de acuerdo con lo que ha hecho mi padre; al fin y al cabo has hecho un trato con él.

Ryder frunció el ceño de nuevo y puso los brazos en jarras.

–Si acepté sus condiciones, fue porque lo que está en juego es muy importante para mí, pero es tu padre... no debería haber puesto esa cláusula en el contrato incluyéndote a ti. Y encima sin decírtelo, que es peor. Yo jamás le haría algo tan abominable a una hija nuestra.

«Una hija nuestra...». No, de su unión no saldría ningún hijo. Tenía que decírselo. Pero al mirarlo en ese momento, con la corbata aflojada y torcida, no sentía precisamente deseos de hablar. Quería agarrarlo por ella y arrastrarlo hasta el dormitorio. Tal vez fueran sus últimos momentos juntos. El solo pensamiento hizo que le costara respirar. Hacía ya casi once horas de la última vez que había acariciado su piel desnuda, y sus dedos ansiaban volver a trazar los músculos de sus hombros y de sus brazos...

–He hecho una reserva en un restaurante para que vayamos a cenar –le dijo Ryder–. Quería hacer algo especial contigo antes de irme. Espero que te apetezca.

«¡No!», gritó su cuerpo. Ella quería quedarse en casa, con él, y volver a explorar una vez más cada contorno de su torso, sentir su cuerpo frotándose contra el de ella... Claro que, si se quedaban, no saldrían de la cama, y no tenía mucho tiempo para hablar con él de los cambios que creía que debían hacer en su acuerdo.

Inspiró profundamente, tratando de esconder su decepción, y esbozó una sonrisa.

126

–Claro. Dame veinte minutos para ducharme y cambiarme y estaré lista.

Ryder estaba sentado con una vista impresionante del río Yarra a su izquierda, y otra aún más impresionante frente a él: Macy.

Después de que el camarero retirara sus platos, le dirigió una sonrisa a Macy, sintiendo algo cercano a la felicidad. En el otro extremo del restaurante un pianista tocaba suaves melodías de jazz.

Macy se llevó su copa de vino a los labios, tomó un sorbo, y la dejó en la mesa.

–¿Qué harás con el bloque de apartamentos cuando te vayas? –le preguntó a Ryder.

–¿Cuando me vaya? Macy, no me voy a ir a ninguna parte sin ti. Volveré en cuanto haya ido al funeral de Jesse y me haya reunido con Seth. Sólo serán unos días.

Macy se mordió el labio y lo miró a los ojos.

–No tienes por qué hacerme promesas. No espero ninguna promesa por tu parte.

El estómago le dio un vuelco a Ryder. ¿De verdad creía que iba a alejarse de ella?, ¿de lo que tenían? ¿Qué clase de hombre creía que era?, se dijo algo molesto. Pero luego se acordó de todo por lo que Macy había pasado: su madre había muerto cuando ella sólo tenía trece años; su padre le había dado la espalda y después la había traicionado, usándola como moneda de cambio. Probablemente era lo que había esperado de él desde un principio. Contrajo el rostro. Él no iba a fallarle.

–Volveré a por ti –le repitió con firmeza.

Macy lo miró con ojos suplicantes.

–Disfrutemos de lo que tenemos aquí y ahora.

Él sacudió la cabeza incrédulo. Macy dudaba de él. Tomó sus manos.

–Esto ya no tiene que ver con esas acciones que quiero conseguir, Macy. Creo que podemos tener un buen matrimonio. ¿Por qué iba a renunciar a eso? –le dijo. Al ver que ella seguía callada, le preguntó–: Macy, ¿tú no quieres casarte conmigo? Que vivamos juntos, que tengamos hijos, que envejezcamos el uno al lado del otro... Dime la verdad.

Macy vaciló.

–No lo sé –murmuró con la cabeza gacha.

Ryder le apretó las manos.

–¿Por qué no? –inquirió frustrado–. Hace dos días parecías tenerlo muy claro y estar contenta con la decisión que habías tomado. Dime qué ha cambiado.

Cuando Macy alzó la mirada, Ryder vio que había lágrimas en sus ojos.

–Accedí a casarme contigo porque creo que eres un buen hombre y quería darte lo que querías, pero no hace falta que vivamos en la misma casa ni en el mismo país. Lo único que necesitas es que firme un certificado de matrimonio.

–Por amor de Dios, Macy, ¿qué estás diciendo? Necesito mucho más que eso; te necesito a ti. Pienso en ti cada momento del día. Quiero estar contigo, acariciarte, sentir tu piel contra la mía.

–Ésas no son la clase de cosas que duran –replicó ella–. El sexo no puede servir de base para un matrimonio.

128

Estaba equivocada. Después de haber observado a sus padres durante todos los años que habían estado casados, se había convertido en un experto en lo que era un matrimonio abocado al fracaso. Ella y él tenían un montón más de posibilidades de tener un matrimonio feliz. Merecía la pena arriesgarse. Tenía que hallar el modo de convencerla de eso. Se puso de pie y le tendió una mano.

–Ven, baila conmigo.

Macy se levantó y tomó su mano. Ryder la condujo a la pista de baile, y comenzaron a girar al suave ritmo de la música con las otras parejas.

–Dime que te vendrás conmigo a América y que tendremos hijos –le susurró al oído.

Los ojos de Macy se ensombrecieron.

–Ryder, por favor, no me pidas eso –le rogó.

–¿Por qué no?

–Porque sólo aceptarás una respuesta, y yo no puedo darte esa respuesta.

Ryder resopló exasperado.

–¿Por qué no? Dame una buena razón por la que creas que nuestro matrimonio no podría funcionar y haré lo que tú quieres. Una sola, Macy, con eso me basta.

Ella alzó la barbilla y, mirándolo a los ojos con una expresión tensa, le dijo:

–Porque te quiero.

Ryder se paró en seco en medio de la pistas. Con el corazón martilléandole en el pecho, se aclaró la garganta y le preguntó:

–¿Estás segura de eso?

–Sí –contestó ella con una risa triste.

Ryder sentía que el corazón iba a estallarle de felicidad. Una mujer preciosa, inteligente e íntegra como Macy se había enamorado de él. Debía de ser el hombre más afortunado sobre la faz de la tierra. Sonrió de oreja a oreja y comenzó a bailar con ella de nuevo.

–¿Y por qué iba a impedirte eso casarte conmigo? Yo creía que eso era buena señal.

–Sólo cuando es un amor correspondido. Si sólo lo siente una de las dos personas, entonces la relación se convierte en un campo de minas y el matrimonio acaba siendo una fuente de amargura y resentimiento. No quiero que eso nos pase a nosotros, Ryder –murmuró.

Ryder pensó en el matrimonio de sus padres. Macy tenía razón. Su madre sí había estado enamorada de su padre, pero él no la quería. Las infidelidades de su padre no sólo la habían humillado; también le habían roto el corazón.

Bajó la vista a la mujer que tenía entre sus brazos. Él no era como su madre. No abandonaría a Macy para formar otra familia con una amante.

La atrajo hacia sí y apoyó la mejilla en su cabeza. Tenía que encontrar la forma de demostrarle a Macy que se equivocaba, que podían ser felices.

Como Ryder tenía un avión que tomar, abandonaron temprano el restaurante. A pesar de su impulsiva y probablemente imprudente declaración, Macy finalmente había decidido disfrutar de la velada y olvidarse de todo, pero en el trayecto de regreso los dos habían ido muy callados. Cuando ya estaban acercándose a su bloque sintió que los ojos volvían a llenársele de lágrimas y que los labios le temblaban. Ryder no tendría tiempo de subir con ella. ¿Iban a despedirse en el coche, como si sólo fueran meros conocidos?

Sin embargo, cuando el chófer paró el vehículo, Ryder se bajó y fue a abrirle la puerta. Luego la estrechó entre sus brazos y murmuró contra su pelo:

—Le diré al conductor que puede irse.

Macy dio un respingo y se echó hacia atrás para mirarlo.

—Perderás tu vuelo.

—Ya tomaré otro. Mañana, o pasado mañana —replicó él encogiéndose de hombros.

Macy parpadeó. El día anterior le había oído decirle a Bernice que era muy importante que saliese esa noche... ¿y de repente le daba igual perder el vuelo?

—Pero tienes que hablar con tu hermano.

Ryder sacudió la cabeza.

—No me iré dejando las cosas en el aire entre nosotros. Tenemos que arreglar esto antes de que me vaya, volver al punto en el que estábamos hace un par de días.

—Eso no va a pasar, Ryder, aunque te quedes o no —murmuró ella—. Te firmaré ese certificado de matrimonio, pero ahí acabará todo. Yo me quedo aquí en Australia.

Ryder miró calle arriba y calle abajo, y Macy comprendió que estaba asegurándose de que no hubiera paparazzi en la zona. Por suerte parecía que no, pero la tomó por el codo y la condujo dentro del edificio para que pudieran hablar en privado.

–Antes has dicho que me quieres –le dijo Ryder–. Ven a América conmigo. Te esperaré. Tomaremos un vuelo juntos.

A Macy le dolía el corazón. Puso una mano en el pecho de él. Necesitaba decirle aquello, pero no quería que sonase como una acusación, sino como lo que era: la verdad.

–Ryder, tú nunca me querrás.

Él dio un respingo, como si lo hubiese golpeado, pero se recobró y la miró a los ojos.

–Lo sé, yo mismo te dije que no estaba hecho para el amor, pero tú me importas, Macy. Podríamos construir una relación sobre esa base.

Macy dio un paso atrás y se rodeó el cuerpo con los brazos.

–Si de verdad te importo, ¿cómo puedes pedirme lo que me estás pidiendo? ¿Por qué quieres que me arriesgue a acabar con el corazón roto?

Ryder se tambaleó ligeramente hacia atrás. ¿Tenía razón Macy? ¿Tan egoísta estaba siendo que no estaba pensando en ella? No, él no era como su padre. Se había prometido protegerla.

Dio un paso hacia ella y la asió por los hombros.

–Yo nunca te haría daño.

–Ryder, no estoy hablando de que un día se te vayan los ojos detrás de otra mujer y me abandones, como hizo tu padre. Tú eres... demasiado honorable para eso.

Ryder la miró dolido. ¿De modo que pensaba que su sentido del honor sería lo único que le impediría hacer algo tan despreciable?

–No es una cuestión de honor –le dijo–. Yo sería incapaz de hacer eso.

–Podría ser peor –replicó Macy–. Si llegaras a sentirte resentido por atarte a mí sin quererme, yo... no podría soportarlo.

¿Sentirse resentido con ella? No podía imaginarse que eso pudiera llegar a ocurrir jamás. Tenía que hacerle ver que los peligros y obstáculos que estaba viendo no estaban más que en su imaginación.

La tomó de las manos.

–Macy, si de todos modos vamos a casarnos, ¿por qué no darnos al menos una oportunidad? No tendremos hijos hasta que no estemos seguros de que pueda funcionar. Podrías venirte a vivir conmigo, y si vemos que la cosa no funciona, lo dejamos.

–No –se negó Macy una vez más.

El corazón le dio un vuelco a Ryder.

–¿Por qué? ¿Qué tiene de malo ese plan?

–Ryder, estoy tan enamorada de ti que me duele el corazón sólo de pensar que estás a punto de tomar un avión para irte a América. Imagínate lo que sería si dejamos que pase el tiempo y mis sentimientos se hagan más profundos. No quiero pasar por eso.

–¿Estás segura? –inquirió él desesperado.

–Si hubiera una posibilidad de que tú también me amaras, correría el riesgo, pero no la hay, y tú lo sabes.

Ryder se sintió como si un corsé de acero estuviera oprimiéndole el pecho, impidiéndole respirar. No podía negarlo; sería como mentir, pero daría lo que fuera para decir las palabras que ella quería oír, ser capaz de sentir lo mismo que ella sentía por él.

La verdad era que no tenía ningún derecho a pe-

133

dirle más. Macy se merecía el sol, la luna y todas y cada una de las estrellas del cielo. Se merecía a un hombre que la amase sin reservas.

Tenía que alejarse de ella, dejarla marchar; se lo debía. Dio un paso atrás.

–Respetaré tus deseos –dijo con la voz ronca. Macy parpadeó, y una lágrima rodó por su mejilla–. Dejaré que vivas tu vida y encuentres el amor que te mereces.

Macy cerró los ojos y retrocedió, pegando la espalda a la pared. Ryder no podía soportarlo. Era él quien le estaba causando todo ese dolor, y todo por aquel condenado plan para hacerse con las acciones que tenía su padre. Sin embargo, no haría sino empeorar las cosas si no se iba.

–Macy...

Ella abrió los ojos y lo interrumpió.

–¿Cómo quieres que hagamos esto? ¿Iremos a un juzgado para firmar ese certificado o...?

Ryder exhaló un suspiro. Macy era una mujer increíble, de eso no había duda. A pesar de todo seguía dispuesta a hacer aquello por él. Una vez hubiese comprado la compañía de su padre y tuviese las acciones que quería, le entregaría Ashley Internacional a ella. Era lo menos que podía hacer.

–Sí, lo haremos así si tú quieres. Vendré e iremos a un juzgado para formalizarlo. Si quieres dejar Chocolate Diva, puedes hacerlo; no tienes que esperar a que acabe el proyecto. Te pagaré lo que te debo y buscaré a otra persona para que se ocupe.

Macy sacudió la cabeza.

–Nunca he roto un contrato ni he dejado un proyecto sin terminar. Lo llevaré a término.

–Gracias. Bernice se quedará unos días más aquí. Ella se encargará de los trámites para la boda, y te avisará cuando haga falta que firmes algún impreso.

Macy alzó un momento la vista al techo, como conteniendo las lágrimas.

–Supongo que ésta es la despedida –murmuró.

Incapaz de soportar estar lejos de ella ni un segundo más, Ryder la atrajo hacia sí y la abrazó con fuerza.

–Te veré el día de la boda.

Macy le rodeó la cintura con los brazos, aferrándose a él.

–Pero ya nada volverá a ser lo mismo, ¿no es así?

Tenía razón. Nada volvería a ser lo mismo. Ryder se inclinó para besarla, y ella le respondió casi con desesperación.

Sosteniendo su rostro entre ambas manos, con sus labios a unos centímetros de los de él, Ryder murmuró:

–Adiós, Macy.

–Adiós, Ryder.

Luego la soltó, dio un paso atrás, y salió del edificio antes de cambiar de idea y prometerle cosas que no podría cumplir.

135

Capítulo Once

Hacía ocho días que Ryder se había ido a América ciento noventa y nueve horas exactamente, ocho días en los que Macy había intentado mantenerse ocupada desde la mañana hasta la tarde, para luego ir al gimnasio y tratar de cansarse lo bastante como para caer rendida en la cama. Sin embargo, todas las noches soñaba con Ryder, con que aún estaba allí con ella, o que volvía a abandonarla.

Era martes por la noche cuando entró en su apartamento. Tenía que buscarse otro sitio donde vivir que no albergara recuerdos de Ryder en cada rincón, pero aún quedaban dos semanas para que terminase su contrato y pudiese buscar otro trabajo. Quizá no sólo se mudaría, sino que también se iría a otra ciudad, o quizá a otro país.

Por lo menos parecía que el interés de los medios hacia ella había disminuido en los últimos días. Le habían hecho alguna foto caminando por la calle, y la habían publicado con titulares que incluían palabras como «triste», «sola» y «abandonada». Estaba tan deprimida que le había dado igual.

Soltó la bolsa del gimnasio en el suelo junto con su maletín, ignoró la luz parpadeante del teléfono, que indicaba que tenía mensajes, y se preparó para darse una ducha.

No había vuelto a hablar con Ryder desde el día en que se había ido. Parecía que estaba cumpliendo su promesa. Sin embargo, pronto tendrían que hablar para organizar la boda, y aunque sabía que era absurdo, Macy no podía evitar ver ese día como un halo de esperanza. Por un día podría volver a estar con él, por un día volvería a ser suyo.

Después de ducharse y ponerse un pantalón de yoga y una camiseta, entró en la cocina sin mucho entusiasmo para ver qué podía prepararse de cenar con lo poco que le quedaba en la nevera.

En ese momento sonó el teléfono, y aunque su primer impulso fue no responder y dejar que saltara el contestador como había estado haciendo últimamente, no podía seguir evitando indefinidamente el mundo exterior, así que tomó el inalámbrico y contestó:

–¿Diga?

–Macy, ¿qué es lo que has hecho? –rugió el vozarrón de su padre al otro lado de la línea.

A Macy el estómago le dio un vuelco. ¿Eran ésas las palabras que había elegido después de años sin ningún contacto con ella? Debería haber dejado que saltase el contestador.

–¿A qué te refieres?

–¿Qué le has dicho a Ryder Bramson? –casi le gritó su padre–. La semana pasada me dijo que habías aceptado casarte con él.

–Y es verdad –asintió ella.

–¿Y qué diablos has hecho para fastidiarlo todo?

Macy no entendía nada.

–No sé de qué me hablas.

–Ha anulado nuestro acuerdo.

137

Las palabras de su padre se clavaron en ella como cuchillos y se quedó boquiabierta, incapaz de articular palabra.

–¿Ya no...? ¿Ya no quiere comprar tu empresa?

Hubo un silencio al otro lado de la línea.

–¿No lo sabías? –inquirió su padre al cabo de un rato.

–No –murmuró ella.

Si Ryder había anulado el acuerdo con su padre... eso significaba que ya no iba a casarse con ella. El dolor que llevaba ocho días intentando mantener bajo control explotó de repente, desgarrándola por dentro.

–Estaba convencido de que tú estabas detrás de esto –farfulló su padre, más confundido que enfadado.

Un sudor frío recorrió la espalda de Macy al pensar que Ryder había cortado todos los lazos con ella. Y precisamente había tenido que enterarse por su padre.

–Siento decepcionarte, pero no.

–Macy, cariño, necesito que hagas algo por mí –le dijo su padre en un tono meloso y conciliador–. Arregla las cosas con Ryder; consigue que cambie de opinión y haz que acceda a comprar la empresa.

Si no hubiera estado tan aturdida, Macy se habría reído por lo absurda que resultaba aquella petición.

–Nadie puede convencer a Ryder para hacer nada; no es esa clase de hombre.

–Pero es que se niega a responder a mis llamadas. Estoy seguro de que contigo sí que hablará; es importante.

A pesar de su dolor, había algo en el tono de su padre que le hizo intuir que había algo que no estaba diciéndole.

—¿Cómo de importante?

Su padre se quedó callado un momento y luego suspiró.

—Contaba con el dinero de esa venta y lo he comprometido en un negocio en el que pensaba invertirlo.

Macy empezó a hacerse una idea de la magnitud del problema.

—De modo que si la venta no se lleva a cabo...

—Estaré en la ruina —concluyó su padre.

—Lo siento, papá —respondió ella. Y era verdad. A pesar del resentimiento que sentía hacia él, no querría verlo en esa situación, que sería una pesadilla para cualquiera—. Pero como te he dicho, Ryder no es la clase de persona que se deja manipular cuando ha tomado una decisión.

—Macy, sé que no he sido el mejor de los padres, pero te lo ruego. No tienes que casarte con él; dile que puede comprarla directamente, sin condiciones.

Un gemido ahogado escapó de los labios de Macy. Aquello era lo que Ryder habría querido oír desde un principio, que podría comprar Ashley Internacional y tener las acciones que quería sin complicaciones, sin problemas derivados. Pero probablemente ya era demasiado tarde; ya había anulado el acuerdo.

—No puedo prometerte nada, pero lo intentaré.

Temblorosa, colgó y se apoyó en la pared. Ryder ya no quería... ya no necesitaba casarse con ella. El único motivo por el que iba a casarse con ella era para conseguir aquellas acciones; ya no la necesitaba para nada. Deslizó la espalda contra la pared hasta quedar

139

sentada en el suelo. Dobló las rodillas, y las rodeó con los brazos, apretándolas contra su pecho. Su lado racional le decía que debería alegrarse de que Ryder hubiera anulado el acuerdo con su padre, que eso la liberaba por completo y podría pasar página y seguir con su vida. ¿Por qué entonces se sentía como si le hubiesen arrancado el corazón?

Tal vez porque Ryder ni siquiera la había llamado para decírselo. ¿Habría encontrado otro modo de hacerse con la mayoría de las acciones del Grupo Bramson? ¿O sería que, como solía decirse, «ojos que no ven, corazón que no siente»? Lo habían pasado bien juntos, pero quizá al volver a Estados Unidos se había olvidado de ella por completo.

No, replicó su corazón. No podía creer que Ryder fuera capaz de comportarse así. Era un buen hombre; sólo estaba intentando cumplir lo que le había prometido y ponerle las cosas más fáciles. Sabía que no podía llegar a sentir nada por ella y se había hecho a un lado para que ella pudiera seguir con su vida. Y lo haría, algún día... cuando recompusiera los pedazos de su corazón roto.

Macy se echó hacia atrás en el sillón tras su escritorio y cerró los ojos para dejarlos descansar un poco de la pantalla del ordenador. Aún no había pensado qué iba a decirle a Ryder cuando lo llamase para pedirle que ayudara a su padre. Tenía que intentarlo, aunque se temía que no supondría ninguna diferencia. Abrió los ojos y se rodeó el cuerpo con los brazos.

De pronto llamaron a la puerta. La había dejado

cerrada todo el día, como un muro que la protegía del mundo exterior. No contestó. Tina debía de haberse ausentado de su puesto, pero seguramente volvería pronto y se ocuparía de quien quiera que fuese.

Volvieron a llamar. Le daba igual; no pensaba responder. Le había pedido a Tina que cancelase todas sus citas y que no le pasase ninguna llamada. No estaba de humor y quería concentrarse en el informe final del proyecto que estaba redactando.

Volvieron a llamar por tercera vez, y en esa ocasión los golpes fueron acompañados de una voz profunda y familiar.

–¿Macy?

Al oír la voz de Ryder se irguió en el asiento como un resorte. Había vuelto... Sin embargo, de inmediato se le cayó el alma a los pies al comprender por qué. Había vuelto para explicarse. ¿Cómo no?, su código de honor le exigía que le explicase en persona por qué había anulado el acuerdo con su padre, porque ya no era necesario que se casasen. El saber la verdad ya era bastante duro, pero... ¿tener que oírlo de labios de él? ¿Tener que contestarle de un modo coherente y desearle que le fuera bien? No creía que pudiera soportarlo. No tenía otra opción más que esperar a que se marchase.

–Macy, Tina me ha dicho que estás ahí.

Macy gimió y dejó caer los brazos. Sabía que no se iría hasta que contestase. Se levantó, se puso los zapatos, y se irguió, rogando por que no se diese cuenta de lo deprimida que estaba.

Fue hasta la puerta y la abrió, pero no del todo. Inspiró profundamente y lo miró a los ojos.

–Ryder, tengo que acabar el informe que estoy haciendo. ¿Podríamos hablar mañana?

Él apoyó la mano en el marco de la puerta, inclinándose hacia ella, y el olor de su colonia la envolvió.

–Necesito hablar contigo –le dijo–. Por favor. Es importante.

Macy suspiró, abrió la puerta, e hizo un ademán para que pasara antes de volver a cerrar.

Ryder se quitó el abrigo que llevaba y lo arrojó sobre el respaldo de una silla. Se acercó a ella pero se detuvo a un par de pasos, como vacilante. Tenía cara de cansancio.

–Estás un poco pálida –le dijo con el ceño ligeramente fruncido de preocupación–. ¿Te encuentras mal?

Macy sintió que los ojos le picaban por las lágrimas que pugnaban por aflorar a ellos, pero parpadeó y tragó saliva.

–Estoy bien, pero tengo que acabar ese informe. Si te parece, puedo llamarte mañana y...

–Macy –la cortó él–, hay muchas cosas que necesito decirte.

Por mucho que insistiera no iba a marcharse. Si al menos pudiera ganar un par de minutos para reponerse un poco, tal vez podría reunir fuerzas para escuchar lo que había ido a decirle.

–¿Quieres tomar algo? –le ofreció con una sonrisa forzada, señalando el mueble bar.

Ryder no se movió de donde estaba.

–Preferiría que habláramos primero.

Macy asintió, y se preparó para afrontar la conversación más difícil de su vida.

–He recibido una llamada de mi padre –le dijo–.

142

Sé que has anulado el acuerdo que tenías con él y que ya no necesitas su empresa.

Ryder no se inmutó.

–Depende de lo que entiendas por «necesitar».

–¿Has encontrado otro modo de conseguir suficientes acciones para tener la mayoría en el Grupo Bramson?

–No –respondió él despacio.

Macy aspiró una bocanada de aire. Necesitaba las acciones que tenía su padre pero aun así había cancelado el acuerdo. Era evidente que no quería casarse con ella, y que quería evitar aquel matrimonio hasta el punto de que estaba dispuesto a renunciar a esas acciones.

Alzó la barbilla y le ofreció la salida que necesitaba:

–Mi padre me ha pedido que te haga otra oferta –se le quebró la voz, pero tragó saliva y continuó–: Está dispuesto a venderte la compañía y las acciones aunque no te cases conmigo.

Ryder no dio ninguna muestra de interés, pero avanzó un paso más hacia ella.

–Mis prioridades han cambiado.

Macy se quedó inmóvil y le llevó un instante contestar.

–¿A qué te refieres?

Ryder fue hasta el sofá que había junto a la pared y le tendió una mano.

–Ven a sentarte conmigo.

Macy lo miró vacilante. Quería acabar con aquello lo antes posible, y si se sentaban, no sería así.

–Por favor, Macy. Tienes que escucharme. Si cuando haya acabado de hablar quieres que me vaya, lo haré –le suplicó Ryder.

Macy fue junto a él y tomó asiento. Él se sentó también.

–Te escucho –murmuró Macy.

–Seth y yo estuvimos hablando del tipo que quiere impugnar el testamento, J.T. Hartley, y sobre hasta qué punto podría ser una amenaza para nuestros intereses. Yo le dije a Seth que pensaba que había probabilidades de que de verdad sea hijo de nuestro padre. Al fin y al cabo tuvo una amante durante más de treinta años a pesar de estar casado, le dije. Por lo que sabemos podría haber tenido otras amantes.

Macy se masajeó la sien con los dedos. ¿Quería hablar de su familia cuando ella estaba muriéndose por dentro?

–Ryder, por favor, ¿podemos hablar de esto mañana? Debes de estar cansado del viaje; podemos hablar de ello mañana por la mañana. Te llamaré y...

–No. Tienes que escucharme –la interrumpió Ryder de nuevo.

Macy hizo acopio de valor y trató de ignorar su dolor para continuar escuchando aquello que era evidente que necesitaba contarle.

–El caso es que Seth no opinaba lo mismo –prosiguió Ryder–. Está convencido de que nuestro padre amaba a su madre, Amanda.

–¿Y entonces por qué no se casó con ella?

Ryder se encogió de hombros.

–Por respeto hacia mi madre. Por temor a un escándalo. Para poder seguir teniendo acceso al dinero de mi madre. O tal vez mi madre se negaba a concederle el divorcio. Fuera como fuese, la cuestión es que Seth está seguro de que nuestro padre jamás habría engañado a su madre con otra mujer –le explicó–. Mis padres llevaban vidas separadas, y en las pocas noches que mi padre pasaba en casa, dormían en habitaciones distintas. Así que la versión de Seth podría ser cierta.

Macy no pudo evitar sentir lástima por lo difícil que debía de haber sido la infancia de Ryder al haber crecido en un hogar así. No les extrañaba que se sintiese incapaz de amar.

–Entonces, si le das a Seth el beneficio de la duda, ¿significa eso que ya no crees que J.T. Hartley pueda ser hijo de tu padre y que no tiene ningún derecho sobre la herencia?

–No lo sé. Pienso que sería demasiado estúpido como para reclamar unos supuestos derechos sin tener algo que lo respalde –Ryder se pasó una mano por el cabello–. Si Seth está en lo cierto, puede que mi padre no le fuera infiel a Amanda mientras estuvo con ella, pero eso no significa que no pudiera haber tenido un escarceo con otra mujer antes de conocerla.

Los medios se volverían locos por poder destapar una historia como aquélla.

–¿Y vais a compartir la herencia con él?

Ryder se echó hacia atrás y suspiró.

–Estamos diseñando estrategias para los distintos escenarios que se puedan producir, pero Seth opina que hace falta algo más que los genes de nuestro padre para tener derecho a heredar parte de la compañía.

–¿Y tú qué piensas? –inquirió ella.

145

–La verdad es que aún no lo tengo muy claro –murmuró él, tamborileando con los dedos en el brazo del sofá, como si estuviera... nervioso–. Mi mente estaba ocupada con otras consecuencias de lo que Seth me dijo sobre nuestro padre y su madre.

–¿Que son...?

–Hasta ahora pensaba que mi padre era un donjuán. Que si había engañado a mi madre con otra mujer durante tanto tiempo era posible que hubiese tenido otras amantes y otros hijos. Pero por lo que me ha contado Seth parece que verdaderamente los quería a su madre y a ellos. Ellos eran su verdadera familia. Mi madre y yo éramos... una aberración.

Macy se inclinó hacia él, tomó su mano y entrelazó sus dedos con los de él.

–Ryder, lo siento.

Él alzó la vista hacia ella, sorprendido.

–No te lo estoy contando porque quiera tu compasión; me parece que es algo bueno. Amanda, Seth y Jesse eran la familia que debería haber tenido mi padre si no se hubiese casado por dinero –le explicó, girándose hacia ella–. Pensando en ello me he dado cuenta de que debo casarme con la mujer a la que ame, igual que mi padre debería haber esperado y haberse casado con Amanda.

A Macy le faltaba la respiración. De pronto todo encajaba. La llamada de su padre, que Ryder hubiese ido hasta allí para hablar con ella. Se había dado cuenta de que había estado a punto de casarse con ella sólo por conseguir esas acciones, igual que su padre se había casado con su madre por dinero. Y había comprendido que aquello no estaba bien, que debía

146

esperar a encontrar a una mujer de la que pudiese enamorarse. No era que lo culpase por ello. Tenía derecho a enamorarse.

Se mordió el labio inferior, haciendo un esfuerzo por no llorar delante de él.

–¿Por eso anulaste el acuerdo con mi padre?

–Sí –respondió él mirándola a los ojos, como pidiéndole que lo comprendiese.

El corazón de Macy se resquebrajó, pero esbozó una sonrisa. Más que nada quería que Ryder fuese feliz. Desenlazó sus dedos y se levantó. Necesitaba poner algo de distancia entre ellos antes de que se le escapase algo que le hiciese ver lo duro que era aquello para ella y Ryder se sintiese culpable por haber hecho simplemente lo correcto.

Fue al mueble bar y sirvió agua mineral en dos vasos, uno para ella y otro para él.

–Me alegra que Seth y tú pudierais hablar y sinceraros.

Le tendió un vaso a Ryder, que se había levantado también. Ryder le dio las gracias y lo tomó de su mano.

–Sí, es una lástima que no nos decidiéramos a hacerlo antes de la muerte de Jesse.

–¿Fuiste al funeral?

–Sí –Ryder se bebió el agua y dejó el vaso sobre el mueble bar–. Enterrar a un hermano al que no llegué a conocer me ha hecho examinarme a mí mismo. Replantearme las cosas.

–Es comprensible –asintió Macy, asiendo con fuerza su vaso, deseando que terminase aquella conversación.

–Ahora he puesto las cosas en perspectiva –dijo Ry-

147

der poniéndose frente a ella–, y me he dado cuenta de que hay algo que necesito más que el dinero, más que la compañía de mi padre –le quitó el vaso a Macy y lo dejó junto al suyo antes de tomarla de las manos–: a ti.

Macy sintió como si el mundo se tambaleara bajo sus pies.

–¿A mí? –inquirió temblorosa. Inspiró profundamente, tratando de calmarse antes de volver a hablar–. Creía que habías anulado el acuerdo con mi padre para poder encontrar a una mujer a la que pudieras amar.

–Ya la he encontrado –contestó él con sinceridad. Sus ojos eran ventanas a su corazón, a su alma–. Y como no quería que tuvieras ninguna duda respecto a mis prioridades, decidí anular ese acuerdo. Te quiero, Macy.

Ella tragó saliva.

–¿Me quieres?

–Sí, te quiero –respondió él con énfasis atrayéndola hacia sí para que pudiera sentir los fuertes latidos de su corazón. Luego la asió por los hombros para apartarla un poco y mirarla a los ojos–. Esto no tiene nada que ver con los negocios, ni con ninguna herencia, ni con ninguna otra cosa: se trata sólo de un hombre que quiere casarse con la mujer a la que ama.

A Macy le temblaban las rodillas.

–¿Quieres casarte conmigo? –musitó.

–Te quiero. Te necesito. Me dije a mí mismo que, si tenía que renunciar a esas acciones para demostrarte que lo que me importas eres tú, lo haría. Te elijo a ti.

Macy parpadeó, incapaz de articular palabra.

–Dime que no es demasiado tarde, Macy –le pidió

Ryder–, dime que no he matado el amor que sentías por mí. Nunca me lo perdonaría, pero si he llegado demasiado tarde, lo entenderé.

La incertidumbre en sus facciones devolvió a Macy a la realidad. Puso una mano en su mejilla.

–¿Matar mi amor por ti? ¿Te has vuelto loco?

–Bueno, es lo que me temía, después de haberte dejado aquí y haberme marchado –murmuró él, sacudiendo la cabeza en un gesto de autoreproche. Cubrió con su mano la mano de Macy sobre su mejilla–. Dime que me quieres.

–Te quiero –respondió ella sin vacilar.

–¿Estás segura?

–Completamente segura –Macy le rodeó el cuello con los brazos.

–Entonces... ¿te casarás conmigo?

El pecho de Ryder se quedó quieto, como si estuviera conteniendo el aliento. Macy lo miró a los ojos y sintió que se le escapaba una lágrima y rodaba por su mejilla. Ryder la secó con el pulgar y Macy se puso de pie para besarlo, y lo que empezó siendo apenas una caricia de sus labios pronto acabó tornándose en un beso apasionado.

Cuando Ryder se echó hacia atrás a los dos les costaba respirar.

–No has contestado a mi pregunta –le recordó él enarcando una ceja.

–Me casaré contigo... con una condición –dijo Macy poniendo las manos en sus hombros.

–La que tú quieras –respondió él al instante.

Macy se apartó un poco de él para tomar sus manos. Entrelazó sus dedos con los de él y sonrió.

–Que no volvamos a estar ocho días separados nunca más. Ha sido horrible.

Ryder sonrió de oreja a oreja.

–Eso está hecho.

Se inclinó para besarla y Macy se derritió, sabiendo que por fin había encontrado su hogar. No importaba dónde vivieran; allí donde estuviera Ryder era donde estaba su hogar.

Epílogo

Un mes después

Macy entró en el despacho de su prometido, Ryder, y miró a su alrededor, impresionada por lo grande que era, y por la vista de los rascacielos de Manhattan. Después de terminar el proyecto de Chocolate Diva había embalado todas sus pertenencias y las había mandado a casa de Ryder con un servicio de mudanzas.

Habían mantenido la promesa que se habían hecho y no habían pasado más de un par de noches seguidas separados en ese tiempo.

Aquélla era su primera visita al despacho de Ryder.

–Estoy impresionada –dijo de espaldas a él, acariciando la balda de una librería con las yemas de los dedos.

–Pues aún no has visto lo mejor –respondió él, y Macy pudo oír la sonrisa en su voz.

Macy se volvió al oírle echar el cerrojo a la puerta y se estremeció de excitación.

–¿Lo mejor?

Ryder fue hasta la enorme mesa de madera de roble y plantó una mano sobre ella.

–Esto. Lo suficientemente sólida como para soportar el peso de los dos.

Macy enarcó una ceja.

–Señor Bramson, ¿está insinuándose a una empleada?

–No.

–¿Para ti eso no es insinuarse? –Macy avanzó hacia él–. Prácticamente me has invitado a subirme a esa mesa.

–Ah, eso sí –contestó él con una sonrisa–. Me refería a que ya no eres mi empleada.

–¿Me estás despidiendo?

Macy sabía que Ryder quería llegar a algún sitio con todo aquello, y estaba deseando averiguar a dónde. Con Ryder no podía una aburrirse.

–Bueno, una vez me dijiste que es mejor no mezclar los negocios y lo personal. Y tengo planes muy íntimos y personales para ti. Que tienen que ver precisamente con esta mesa, de hecho. Y no tengo intención de renunciar a esos planes, así que no tengo más remedio que prescindir de ti como empleada.

Macy optó por omitir que, técnicamente, el proyecto había acabado, así que ya no la ataba ningún contrato. Su informe había recomendado que Chocolate Diva entrase en el mercado australiano, y ella misma había escogido a los miembros del nuevo equipo que tomaría el testigo. Ella, por su parte, había estado considerando las ofertas de otras compañías que estaban impresionadas por el trabajo que había hecho para Chocolate Diva, aunque su prometido le había sugerido que empezaran un negocio juntos, lo cual también tenía su atractivo.

Pero aquel juego era demasiado divertido como para estropearlo con aquellos detalles. Se echó el pelo hacia atrás y se humedeció los labios.

152

–Bueno, visto de ese modo...

–Además –añadió él tomándola de ambas manos para atraerla hacia sí–, tengo algunos regalos de boda que espero que puedan compensar ese despido fulminante.

Macy alzó la barbilla.

–Me encantan los regalos. Pero aún no hemos fijado una fecha.

–Lo sé, pero estoy deseando que veas tus regalos –respondió él en un tono seductor, dibujando círculos en sus hombros con los pulgares.

Macy casi ronroneó de placer.

–Y yo estoy deseando verlos.

–Bien, pues... para empezar, he puesto la compañía de tu padre a tu nombre, y eso incluye las acciones del Grupo Bramson.

Macy lo miró boquiabierta. Le había insistido en que aceptara la oferta de su padre, pero jamás se habría esperado aquello.

–Pero, Ryder... Tú querías esas acciones; quédatelas –dijo tomando su rostro entre ambas manos.

Ryder las tomó, apartándolas de su rostro para besar primero la palma de una, y luego la de la otra.

–No, quiero que las tengas tú. Aunque –añadió con una sonrisa– la verdad es que espero que votes por mí cuando haya que elegir al presidente de la compañía en la junta directiva.

Por un momento Macy se quedó sin habla. Ryder acababa de darle el control sobre sus sueños. Y viniendo de un hombre como él, aquello significaba hasta qué punto se estaba entregando a ella. Lo miró conmovida.

–No sé, tendrás que darme algo para convencerme de que te vote –dijo dibujando una línea descendente en su pecho con un dedo.

Ryder la besó y la subió a la mesa antes de colocarse entre sus piernas.

–¿Qué tal esto?

Macy se echó a reír.

–De acuerdo, de acuerdo, tienes mi voto.

Ryder la besó justo debajo del lóbulo de la oreja, y luego mordisqueó éste suavemente, pero Macy le recordó:

–Dijiste que tenías algunos regalos de boda, en plural.

–Cierto –asintió él irguiéndose. Se aclaró la garganta. Éste otro regalo no es exactamente un regalo de boda, sino más bien algo que debería haberte dado cuando te pedí por primera vez que te casaras conmigo, hace dos meses –sacó una cajita del bolsillo del pantalón y la abrió, dejando al descubierto un anillo con un diamante tallado.

–Oh, Ryder, es precioso... –murmuró Macy, sintiendo que los ojos se le llenaban de lágrimas.

Ryder se lo puso en el dedo y la besó.

–No quería nada ostentoso, sólo un diamante fuerte y hermoso que no necesita de ningún adorno: como tú.

Macy miró el anillo en su dedo. Luego miró al hombre que lo había puesto allí, y sintió que el amor que sentía por él la desbordaba. Lo rodeó con sus piernas, atrayéndolo aún más hacia sí.

–Ryder, te quiero –le susurró emocionada.

Las manos de él subieron por sus muslos mientras cerraba los ojos.

154

–Y yo a ti aún más –murmuró mientras le subía la falda y Macy se recostaba sobre la mesa, tirando de él.

Mucho después, Macy depositaba un beso en el pecho de Ryder, cuya camisa había desabrochado. Le sonrió y le dijo:

–Creo que podría acostumbrarme a esta clase de compensaciones por no ser ya una empleada de tu compañía –de pronto se le ocurrió algo–: Oye, y si tengo esas acciones... ¿significa eso que soy tu jefa?

Ryder esbozó una sonrisa divertida y dio un paso atrás para abrocharse la camisa.

–Estaba empezando a preguntarme cuándo mencionarías eso.

–No te preocupes; intentaré no utilizarlo para chantajearte.

Ryder se rió.

–Vaya, gracias.

–Yo también tengo un regalo de boda para ti –le dijo ella bajándose de la mesa para bajarse la falda.

Ryder enarcó una ceja mientras se remetía la camisa dentro del pantalón.

–¿Unos gemelos?

–No –respondió ella, acercándose al ventanal para admirar la vista, segura de que él la seguiría.

Ryder se acercó por detrás y le rodeó la cintura con los brazos.

–¿Una toalla con mis iniciales?

Macy sonrió.

–Frío, frío.

–Bueno, podrías darme una pista.

Macy se apoyó en su pecho.

–¿Recuerdas el día que volviste de Estados Unidos?

–Cómo olvidarlo –contestó él besándola detrás de la oreja.

–¿Y recuerdas que esa noche, en mi apartamento, se te olvidó... algo, cuando me llevaste al dormitorio?

Ryder se quedó muy quieto.

–¿Me estás diciendo que...?

Macy se volvió hacia él.

–Que aproximadamente dentro de ocho meses...

Los labios de Ryder descendieron sobre los suyos antes de que pudiera terminar la frase, besándola de un modo apasionado y posesivo. Cuando separaron sus labios, Ryder apoyó su frente en la de ella, y murmuró jadeante:

–Aquélla fue la mejor noche de mi vida, y ahora lo es por dos razones.

–Para mí también –dijo ella–. Pero estoy segura de que tenemos por delante un montón de noches igual de increíbles.

Una sonrisa muy sexy asomó lentamente a los labios de Ryder.

–Te lo garantizo –le dijo, y la besó de nuevo.

Acepte 2 de nuestras mejores novelas de amor GRATIS

¡Y reciba un regalo sorpresa!

Oferta especial de tiempo limitado

Rellene el cupón y envíelo a

Harlequin Reader Service®
3010 Walden Ave.
P.O. Box 1867
Buffalo, N.Y. 14240-1867

¡Sí! Por favor, envíenme 2 novelas de amor de Harlequin (1 Bianca® y 1 Deseo®) gratis, más el regalo sorpresa. Luego remítanme 4 novelas nuevas todos los meses, las cuales recibiré mucho antes de que aparezcan en librerías, y factúrenme al bajo precio de $3,24 cada una, más $0,25 por envío e impuesto de ventas, si corresponde*. Este es el precio total, y es un ahorro de casi el 20% sobre el precio de portada. ¡Una oferta excelente! Entiendo que el hecho de aceptar estos libros y el regalo no me obliga en forma alguna a la compra de libros adicionales. Y también que puedo devolver cualquier envío y cancelar en cualquier momento. Aún si decido no comprar ningún otro libro de Harlequin, los 2 libros gratis y el regalo sorpresa son míos para siempre.

416 LBN DU7N

Nombre y apellido	(Por favor, letra de molde)
Dirección	Apartamento No.
Ciudad	Estado	Zona postal

Esta oferta se limita a un pedido por hogar y no está disponible para los subscriptores actuales de Deseo® y Bianca®.
*Los términos y precios quedan sujetos a cambios sin aviso previo.
Impuestos de ventas aplican en N.Y.

SPN-03   ©2003 Harlequin Enterprises Limited

Deseo™

Más que una secretaria

LEANNE BANKS

Maddox Communications era su vida… hasta que permitió que una mujer se interpusiera entre él y su negocio. Brock Maddox había sido traicionado por su amante y secretaria, Elle Linton. Cuando al fin se enteró de su traición además descubrió que ella había estado ocultándole un gran secreto: estaba embarazada.

Brock se juró que no dejaría que nada más se escapara a su control y dispuso que Elle se casara con él. Sin embargo, Brock sabía que podía sucumbir en cualquier momento al atractivo de su encantadora esposa… si se atrevía a escuchar su corazón.

¿Qué decisión tomaría el importante hombre de negocios?

¡YA EN TU PUNTO DE VENTA!